Wolfgang Bittner · Der schwarze Scheitan

Wolfgang Bittner

Der schwarze Scheitan

Ein Pferdekrimi

Erika Klopp Verlag

Die Deutsche Bibliothek – CIP-Einheitsaufnahme
Bittner, Wolfgang:
Der schwarze Scheitan : ein Pferdekrimi / Wolfgang Bittner. –
München : Klopp, 1998
ISBN 3-7817-0230-8

In neuer Rechtschreibung

Einbandillustration und Vignette: Carsten Märtin
Satz: Filmsatz Schröter, München
Druck und Bindung: Westermann Druck Zwickau
Printed in Germany
Auflagenkennzeichnung (letzte Ziffern maßgebend):

Auflage:	3	2	1
Jahr:	2000	1999	1998

Inhalt

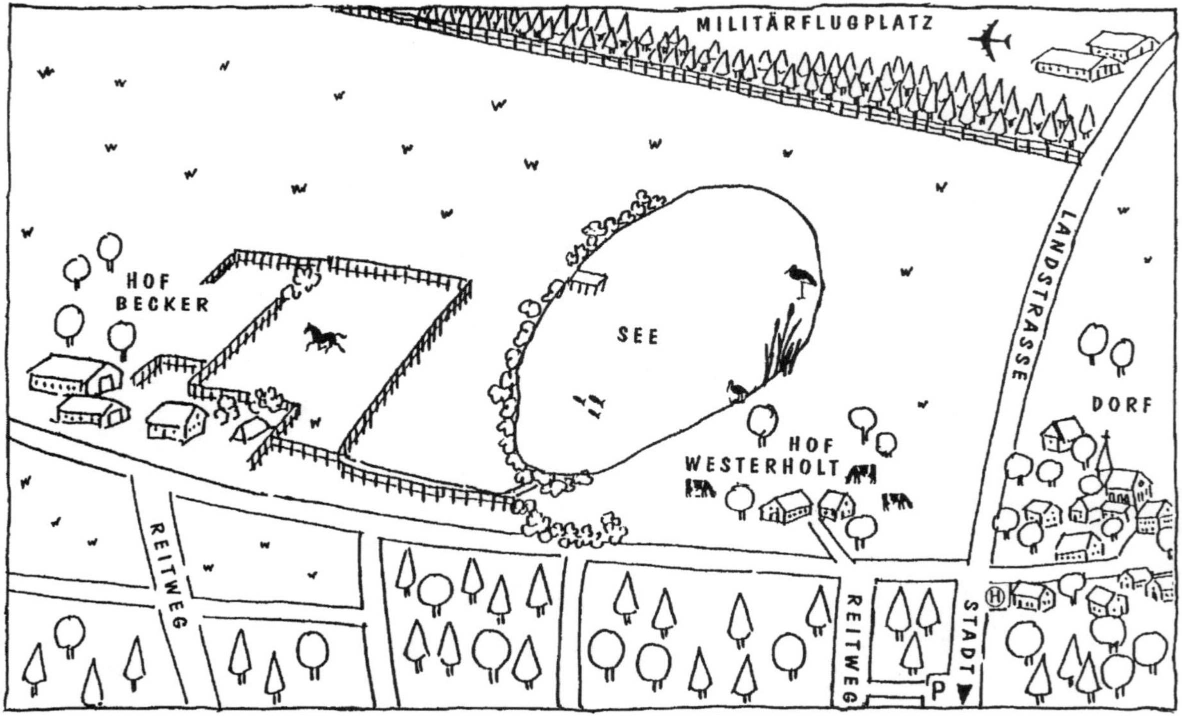
MILITÄRFLUGPLATZ
LANDSTRASSE
DORF
HOF
BECKER
SEE
HOF
WESTERHOLT
REITWEG
REITWEG
STADT
P

Der Reiterhof

Schon von weitem hörte Doro die Anweisungen von Herrn Becker: „Kopf hoch! Knie ran! Hacken tief! Im Te-rab!“

Sie fuhr an dem alten Wohnhaus aus Natursteinen vorbei auf den Hof, auf dem ein paar Hühner scharrten, und lehnte ihr Fahrrad an die Stallwand. In der kleinen Reitbahn, die sie erst kürzlich hergerichtet hatten, lief Suleika an der Longe im Kreis. Auf ihr hockte Adam Homann, den sie in der Schule Bumann nannten, wie ein Affe auf dem Schleifstein. Er sah so aus, als würde er nie richtig reiten lernen.

Auch Herr Becker, der sonst sehr nachsichtig war, schien die Geduld zu verlieren. „Junge, halt dich aufrecht!“, rief er. „Die Wirbelsäule trägt den Kopf, die Augen schauen zum Horizont! Reiß nicht so an den Zügeln! Halt die Hände ruhig!“

Kopfschüttelnd sah Doro zu. Wie kam es nur, dass Adam so gut mit Pferden umgehen konnte und beim Reiten so eine Niete war?

Als sie über den Hof ging, kam ihr Basko entgegen, ein langhaariger brauner Setter. Sie kraulte ihm zur Begrüßung den Kopf, bevor sie zum hinteren Eingang des Wohnhauses hinüberging. Der Vordereingang, zu dem mehrere Steinstufen hinaufführten, wurde nur bei besonderen Gelegenheiten benutzt.

Das Beckersche Familienleben spielte sich überwiegend in der geräumigen Wohnküche ab. Lilly und ihre Mutter empfingen Doro wie immer mit großer Herzlichkeit. Frau Becker rollte gerade Hefeteig aus, während Lilly geschälte Äpfel in Scheiben schnitt.

„Na, dann zieht mal los, ihr beiden“, meinte Lillys Mutter. „Wenn ihr zurückkommt, gibts frischen Kuchen.“

„Hm, Apfelkuchen mag ich am liebsten“, freute sich Doro.

Lilly zog sich im Flur die Reitstiefel an. Dann gingen sie in den Stall. Olaf hatte sie schon gehört, er reckte seinen Hals aus der Box heraus. Nebenan spitzte Hera die Ohren und tänzelte unruhig hin und her.

Olaf war ein Falbe, ein graugelber Norweger mit dunklem Schweif und Mähnenhaar. Mit ihm hatte sich Doro besonders angefreundet. Sie mochte sein sanftes Temperament. Lilly bevorzugte dagegen die wesentlich nervösere Hera, eine Apfelschimmelstute mit Arabereinschlag. Beide Pferde waren verhältnismäßig zierlich und von gutem Charakter. Lilly und ihr Vater achteten streng darauf, dass sie nur von erfahrenen Reitern geritten wurden.

Als Erstes bekamen alle Pferde ein trockenes Brötchen. Das schmeckte ihnen. Doro hatte im Bäckerladen gefragt und einen ganzen Beutel voller Brotreste und alter Brötchen bekommen. Olaf wollte mehr. Doro mochte es, wenn die samtenen Pferdemäuler sie anstupsten und das Brot behutsam von der flachen Hand nahmen.

Weiter hinten begannen Rocco und Sascha zu schnauben, zwei etwa zehnjährige stattliche Hannoveraner. Sie wurden ebenfalls bedacht. Auch für Suleika war noch etwas übrig. Die Braune war trächtig und würde in einigen Wochen fohlen. Adam führte sie in den Stall, als die beiden Mädchen Olaf und Hera sattelten.

Adam Homann war ziemlich lang und dürr, hatte strohblondes Haar wie Lilly und trug eine Brille. Wenn er ging, sah es so aus, als würde er jeden Augenblick seine Beine durcheinanderkriegen. Lilly vermutete, dass er nur Doros wegen zum Reiten kam. Aber Doro wusste das besser. Ihr Vater hatte von Frau Homann gehört, dass Adam Sport treiben sollte. Das war ihm vom Schulpsychologen empfohlen worden, damit er etwas freier würde, wie es hieß. Er ging in die siebte Klasse, eine über Doro und Lilly, und seine Mutter hatte behauptet, er sei überdurchschnittlich intelligent. Davon hatte Doro allerdings noch nichts bemerkt, weil Adam in ihrer Gegenwart kaum ein Wort herausbrachte. Na ja, Mütter halten ihre Kinder, besonders die Söhne, fast immer für Genies, dachte sie.

„Hallo, Doro!", begrüßte sie Herr Becker. „Solls heute wieder hinausgehen?"

„In den Wald", erwiderte sie und zog den Sattelgurt an. „Bei dem schönen Wetter können wir doch nicht zu Hause sitzen."

„Recht hast du", rief Herr Becker im Weggehen. „Am liebsten würde ich mitkommen."

Sie führten die Pferde vor die Tür, wo Basko schon ungeduldig wartete, und stiegen auf.

Plötzlich hörten sie hinter sich die Stimme von Adam. „Hättet ihr etwas dagegen, wenn ich mitreite?"

Er tat Doro Leid, wie er so dastand und nicht wusste, wo er seine Hände lassen sollte. Sie wollte vorschlagen Herrn Becker zu fragen, als Lilly schon antwortete: „Mann, du spinnst wohl. Lern erst mal richtig reiten. Vorher kannst du nicht ins Gelände."

Mit diesen Worten setzte sie Hera in Bewegung. Olaf folgte unaufgefordert.

Adam lief puterrot an, das sah Doro deutlich, als sie sich umdrehte. Zu allem Überfluss äpfelte ihm Hera auch noch vor die Füße. Er wandte sich abrupt ab und verschwand im Stall.

„Das war ganz schön hart“, sagte Doro.

Aber Lilly warf den Kopf in den Nacken, dass die langen Haare flogen, und gab unbekümmert zurück: „Aber wahr. Womöglich fällt er vom Pferd und bricht sich den Hals.“

Im Schritt ritten sie auf den Weg, der durch die Felder zum Wald führte. Basko umsprang die Pferde, was ihnen jedoch nichts ausmachte; sie kannten das. Wohlig schnaubend genossen sie die Bewegung und die frische Luft.

An den Bäumen und Büschen zeigten sich die ersten Blätter, auf einem frisch gepflügten Acker suchten Stare geschäftig nach Futter und über den Wiesen trillerten die Lerchen. Eine Idylle – wäre da nicht ab und zu dieses Donnern in der Luft gewesen. Es kam vom nahen Flugplatz, wo besonders bei schönem Wetter andauernd Militärmaschinen starteten und landeten. Das Militärgelände begann gleich hinter den Feldern, kaum einen Kilometer entfernt, wo sich ein hoher Zaun vor einem mit Fichten bewachsenen Waldstreifen entlangzog.

Am besten, man ärgerte sich gar nicht erst darüber. Aber das war nicht so einfach. Wenn diese Düsenjäger sehr tief flogen, schraken die Pferde zusammen und begannen zu tänzeln oder zu bocken. Eine Kuh hatte sogar eine Fehlgeburt gehabt.

Lilly hielt Hera ein wenig zurück und brachte sie neben Olaf. „Neulich war ein Mann bei uns“, erzählte sie, „ein Makler. Eigentlich darf ich darüber nicht sprechen. Aber dir kann ich es ja sagen, du musst es nur für dich behalten. Der Kerl heißt Niesen und handelt mit Grundstücken. Er will unseren Hof kaufen, stell dir das mal vor!“

Doro blickte sie erschrocken an. Eben hatte sie sich noch so unbeschwert gefühlt, so froh. Jetzt war alle Leichtigkeit wie weggeblasen. „Das ist ja furchtbar“, entfuhr es ihr. „Eine Katastrophe. Die würden doch als Erstes die Pferde abschaffen.“

„Nun mal langsam“, beruhigte Lilly ihre Freundin. „Meine Eltern verkaufen natürlich nicht. Der Preis, den dieser Hatschi, ich meine dieser Niesen, geboten hat, wäre auch viel zu niedrig.“

„Und wenn er einen höheren Preis bietet?“

Lilly schüttelte den Kopf. „Unsere Familie lebt hier schon seit dem Dreißigjährigen Krieg. Jedenfalls kann man das bis dahin zurückverfolgen. Mein Vater hat gesagt, ein Verkauf kommt nicht in Frage.“ Sie zuckte die Achseln. „Meine Mutter hat zwar überlegt, aber sie kann sich nicht vorstellen, woanders zu wohnen. Weißt du, ihr wächst die Arbeit manchmal über den Kopf. Außerdem verdient man als Bauer zu wenig."

Doro nickte, ganz in Gedanken. Wenn sie daran dachte, dass sie die Pferde verlieren und Lilly wer weiß wohin fortziehen könnte, war ihr zum Heulen zumute. Warum gab es immer wieder Veränderungen? Nichts blieb so, wie es war. Kaum hatte man sich an etwas gewöhnt, wurde es geändert. Kaum hatte man etwas lieb gewonnen, wurde es einem weggenommen.

„Ach, Doro", rief Lilly. „Nur keine Panik, das geht schon in Ordnung. Oder glaubst du wirklich, ich gäbe meine Lieblinge her?"

Sie schnalzte mit der Zunge und galoppierte davon, so dass Olaf kaum noch zu halten war. Da ließ Doro ihn ebenfalls laufen. Vergeblich versuchte Basko Schritt zu halten; bellend sauste er hinterher. Herrlich, so am Waldrand entlangzufliegen. Im Nu war der Kopf wieder frei.

Links tauchte jetzt der kleine See auf und kurz darauf ging es vorbei am Hof von Bauer Westerholt. Vor der Landstraße zügelten die Mädchen ihre Pferde. Sie bogen ab auf den Reitweg, der nach einer langen geraden Strecke in einer Schleife durch den Wald führte. Nachdem sich die Pferde ausgelaufen hatten, waren sie ruhiger und folgten willig jedem Schenkeldruck.

In den Buchengehölzen blühten die ersten Primeln. Die Sonne schien durch das lichte Grün und es herrschte eine ganz besonders frühlingshafte, feierliche Stimmung. Die Mädchen genossen es, von den Pferderücken gewiegt über die Erde zu schweben.

Seltsame Ereignisse

Adam war immer noch da, als sie nach zwei Stunden zurückkamen. Er hatte die Boxen ausgemistet, hier und da neues Stroh gestreut und Heu für die Abendfütterung heruntergeworfen.

„Das hätte ich ihm gar nicht zugetraut“, meinte Lilly und rief ihm zu: „Du machst dich!“

Sie sattelten ab und rieben mit einer Handvoll Stroh ihre Pferde trocken. Dann gingen sie hinüber ins Wohnhaus, während Adam auf sein Fahrrad stieg und nach Hause fuhr.

Frau Becker hatte bereits eine Kanne Kakao und einen Teller Kuchen auf den Tisch gestellt.

Herr Becker, der in seinem Büro zu tun hatte, kam

ebenfalls dazu. „Wo habt ihr denn Adam gelassen?“, erkundigte er sich. „Eben war er doch noch da.“

„Er ist nach Hause gefahren“, sagte Lilly und setzte spitz hinzu: „Dieser Langweiler.“

Ihr Vater blickte sie kopfschüttelnd an. „Nun sei mal nicht so überheblich“, wies er sie zurecht. „Der Junge ist zwar kein Turnierreiter, aber er zahlt uns gutes Geld für die Reitstunden. Außerdem hat er euch heute die Arbeit im Stall abgenommen, wie ihr vielleicht bemerkt habt.“ Er nahm sich ein Stück Apfelkuchen, biss herzhaft hinein und meinte: „Schmeckt köstlich.“

Auch Doro lobte den Kuchen und Frau Becker strahlte. „Dann hat sich die Arbeit wenigstens gelohnt“, freute sie sich. „Vorhin hat übrigens Hannes angerufen“, teilte sie ihrer Familie noch mit. „Er kommt am Wochenende.“

„Das passt gut“, sagte Herr Becker. „Dann können wir mit dem Jungen das Angebot von diesem Niesen, diesem Makler, besprechen.“

Hannes war Lillys älterer Bruder, der eine Landwirtschaftsschule besuchte. Wenn er wie sein Vater Bauer werden will, dachte Doro, wird er einem Verkauf bestimmt nicht zustimmen. Wozu ging er sonst zur Landwirtschaftsschule? Sie wollte gerade das Gespräch auf die Pferde bringen, da klingelte es.

„Nanu“, wunderte sich Herr Becker. „Unangemeldeter Besuch?“ Er stand auf und ging hinaus.

Kurz darauf kam er mit einem gemütlich aussehenden älteren Mann zurück, den er als Kommissar Baumgarten von der Kriminalpolizei vorstellte. „Da ist in der Nachbarschaft eine seltsame Sache passiert“, sagte er, nachdem er dem Polizisten einen Stuhl sowie Kaffee und Kuchen angeboten hatte. „Kommissar Baumgarten möchte uns dazu ein paar Fragen stellen. Ich wollte es zuerst gar nicht glauben: In der Nacht sind zwei Kühe von Westerholt auf der Weide erschossen worden.“

Frau Becker sah ihren Mann mit großen Augen an. „Erschossen?“, fragte sie fassungslos. „Wer erschießt denn nachts Kühe auf der Weide?“

„Können es vielleicht Jäger gewesen sein?“, erkundigte sich Herr Becker. „Es ist doch schon vorgekommen, dass sich jemand in der Dämmerung versehen hat …“

„Nein, nein“, erwiderte der Polizist. „Es ist ja keine Jagdsaison. Wir haben es hier offensichtlich mit einem Tiermörder zu tun – so etwas gibt es ja leider immer wieder. Ein Psychopath vermutlich. Die Schüsse wurden auch nicht aus einem Gewehr, sondern aus einer großkalibrigen Pistole abgegeben.“

„Unglaublich.“ Frau Becker schüttelte den Kopf.

„Gut, dass wir keine Kühe mehr haben“, warf Lilly ein.

„Ach, Sie haben gar keine Kühe?“, fragte der Kommissar.

Herr Becker bestätigte: „Wir betreiben Schweinezucht mit artgerechter Tierhaltung und den dafür erforderlichen Ackerbau. Daneben haben wir einen kleinen Reitstall, zur Zeit mit fünf Pferden." Er berichtete von Plänen, die Doro und auch Lilly völlig neu waren, nämlich den Reitbetrieb weiter auszubauen. „Dann ist man nicht so abhängig von einem einzigen Wirtschaftszweig", erklärte er. „Im Moment leben wir in ständiger Angst, dass unter den Schweinen mal eine Krankheit ausbricht oder die Preise in den Keller gehen. Das wäre für uns der Ruin."

Der Kommissar hörte aufmerksam zu. Anschließend erkundigte er sich, ob jemandem nachts irgendetwas aufgefallen sei. Aber natürlich hatten alle nachts geschlafen und weder etwas gesehen noch gehört. Ob denn jemand einen Verdacht habe, wollte er noch wissen.

Dazu fiel Lilly etwas ein. „Herr Westerholt ist Sprecher der Bürgerinitiative gegen den Fluglärm", erklärte sie. „Es haben sogar schon Demonstrationen stattgefunden und das hat einigen Leuten bestimmt nicht gefallen. Vielleicht gibt es da einen Zusammenhang zu dem Tiermord – man kann ja nicht wissen ..."

Doch das erschien dem Kommissar abwegig. Er bedankte sich für Kaffee und Kuchen und verabschiedete sich. Auch Doro machte sich auf den Heimweg. Es ging bereits auf sechs Uhr zu.

Doros Zuhause

Doro wohnte in der Stadt. Vom Reitstall fuhr sie mit dem Fahrrad ungefähr eine halbe Stunde. Als sie nach Hause kam, deckte ihr Vater gerade den Tisch. Er hatte gekocht. Abends aßen sie immer warm. Es gab Spaghetti mit Tomatensoße.

Manchmal, wenn ihr Vater keine Zeit hatte oder später heimkam, kochte Doro. Zum Beispiel Bohneneintopf aus der Dose, Spiegeleier und sogar Koteletts mit Kartoffeln. Sie lebte bei ihrem Vater, seitdem sich ihre Eltern vor zwei Jahren getrennt hatten. Ihre Mutter schrieb hin und wieder; zuletzt war ein Brief aus den USA gekommen. Darin hatte jedoch nur gestanden, dass New York eine interessante, riesig große Stadt sei und Amerika ein riesig großes interessantes Land. Nichts Besonderes also.

Doros Vater kam in der Woche erst gegen halb sechs von der Arbeit; er war technischer Zeichner in einem Architekturbüro. Deswegen hatte sich Doro angewöhnt, ihre eigenen Wege zu gehen.

Vor einem Jahr, kurz nach der Scheidung, hatte ihr Vater mit ihr eine Art Handel abgeschlossen. „Ich schenke dir das Geld für den Reitunterricht", hatte er vorgeschlagen, „wenn du in der Schule weiter so gut bleibst wie bisher." Reiten zu lernen war seit langem ihr sehnlichster Wunsch gewesen. Und sie hatte es schnell gelernt. Natürlich verlangten Beckers nun auch Geld für die Ausritte. Allerdings nahmen es Herr Becker und Lilly nicht so genau. Sie bekam Sonderpreise. Und wenn sie im Stall oder auf dem Feld half, wurde gar nichts berechnet.

Sie setzten sich zu Tisch. Doro aß mit großem Appetit und schwärmte von ihrem Ausritt mit Lilly, wie schön es im Wald war und wie gut sie sich mit ihrer Freundin verstand. Weiter erzählte sie von Adam Homann, ihrem Liebling Olaf, von Hera, den erschossenen Kühen und dem Kommissar. Dass ein Makler den Beckerschen Hof kaufen wollte, behielt sie für sich, weil sie es Lilly versprochen hatte. Außerdem mochte sie nichts in die Welt hinausposaunen, was sich hinterher als Seifenblase erwies.

Schließlich dachten Beckers nicht daran zu verkaufen. Wozu also die Pferde scheu machen?

Nach dem Essen wuschen sie ab und säuberten die Küche. Doro wusste: Anschließend würde sich ihr Vater vor den Fernseher setzen. Er sah viel zu viel fern, fand sie. Aber in der Woche war er abends so abgespannt, dass er zu nichts anderem mehr Lust hatte. Als ihre Eltern noch einigermaßen friedlich zusammenlebten, war das anders gewesen. Da hatten sie abends oft beieinander gesessen, sich unterhalten, gelesen, gemeinsam einen Film angeschaut oder gespielt.

„Schade, dass Mama nach Amerika gegangen ist", sagte sie und ihr Vater nickte.

„Sie wollte schon immer die Welt sehen", erwiderte er. „Jetzt ergab sich eine Gelegenheit, die hat sie wahrgenommen."

„Was macht sie denn dort?", erkundigte sich Doro. „Sie schreibt nichts darüber."

Ihr Vater überlegte, bevor er antwortete. „Soweit ich weiß, hat sie einen Freund, der in den USA arbeitet. Mit ihm ist sie mitgegangen. Vor ihrer Abreise hat sie mir am Telefon erzählt, sie wolle eventuell wieder heiraten und sich in den USA eine neue Stelle suchen."

Doro gab es einen Stich. Von der geplanten Heirat hörte sie zum ersten Mal. Sie wunderte sich über ihren Vater. Er sprach so sachlich darüber. Ihr tat das weh. Denn für sie gehörten ihre Eltern eigentlich immer noch irgendwie zusammen.

„Hättet ihr es denn nicht noch einmal miteinander versuchen können?“, fragte sie. „Als Mama im vergangenen Jahr zu Besuch bei uns war, habt ihr euch doch wieder gut verstanden.“

Ihr Vater schüttelte den Kopf. „Du weißt doch: Mama und ich haben uns in den letzten zwei, drei Jahren vor der Trennung fast täglich gestritten. Immer dieses Gezänk wegen nichts und wieder nichts, ständig Theater. Wir passten einfach nicht zusammen.“ Er seufzte. „Leider haben wir das erst zu spät gemerkt. So etwas kommt eben vor, und zwar recht häufig. In solchen Fällen ist es besser, sich zu trennen. Sonst verdirbt man sich gegenseitig das Leben.“ Er blickte sie fragend an, bevor er noch sagte: „Jeder Mensch hat das Recht sein eigenes Leben zu leben. Das habe ich, das hat deine Mutter und das steht natürlich auch dir zu.“

Doro merkte, wie ihr die Tränen kamen. Ihr Vater nahm sie in den Arm. „Mama fehlt mir so“, flüsterte Doro.

„Das gibt sich mit der Zeit“, tröstete er sie. „Und du wirst sie besuchen, später.“ Nach einer Weile fügte er hinzu: „Lass los, Doro. Finde dich ab. Je länger du dich an deine Vorstellung von einer heilen Familie klammerst, desto schwieriger ist es für dich.“ Er hielt sie immer noch im Arm.

Das tat Doro gut und gab ihr das Gefühl geborgen zu sein, ihm alles anvertrauen zu können, was sie belastete. „Wenn Mama gestorben wäre", gestand sie, „wüsste ich, dass ich nicht mehr mit ihr rechnen kann. Aber dass sie noch da ist und nur nichts mehr von mir wissen will, das ist viel schlimmer."

Ihr Vater strich ihr übers Haar. „Ich bin sicher", sagte er, „dass dich deine Mutter ebenfalls vermisst. Ich liebe dich und Mama liebt dich auch und du liebst mich und deine Mutter. Aber wir können nicht mehr zusammen leben. Damit müssen wir uns alle drei abfinden."

Doro wischte sich die Tränen ab. „Ein paar Jahre hättet ihr vielleicht noch zusammenbleiben können", entgegnete sie leise. „Bis ich aus der Schule komme oder so."

Ihr Vater lachte. „Womöglich bis du heiratest? Ja, was mache ich denn dann ohne dich?" Er wurde wieder ernst und schüttelte den Kopf. „Was du dir so vorstellst, meine Kleine! Zwei Menschen können doch nicht ihr Leben lang ihrem Kind eine heile Familienwelt vorgaukeln. Das kann nicht gut gehen. Schau dir die vielen unglücklichen Ehen an, aus denen die verkorksten Kinder kommen. Da ist eine Trennung oft die bessere Lösung."

Doro seufzte. Sie sah das alles ein. Aber es tat dennoch weh. Obwohl ihr jetzt etwas leichter ums Herz war als vorher.

Sie nahm ihre Schultasche, um noch die restlichen Hausaufgaben zu machen. Ihr Vater setzte sich ins Wohnzimmer und stellte den Fernseher an. Er machte einen müden, ein bisschen traurigen Eindruck. Bevor sie in ihr Zimmer ging, drückte sie ihn noch einmal.

Das Angebot

Als Lilly am Montagmittag von der Schule kam, hielt sie Ausschau nach dem alten Opel ihres Bruders. Aber er war nicht zu sehen. Hannes war wohl leider schon abgefahren. Stattdessen stand ein dunkler Mercedes in der Einfahrt.

Lillys Eltern saßen im Wohnzimmer mit einem Mann, der so laut auf sie einredete, dass man auf dem Flur jedes seiner Worte verstehen konnte. „Was heißt hier unseriöses Angebot?“, vernahm sie die poltrige Stimme. „Einen höheren Preis können Sie bei der ungünstigen Lage nicht erwarten. Ich meine, die Lärmbelästigung durch den Flugplatz lässt sich doch nun wirklich nicht wegdiskutieren.“

„Herr Niesen …“, hörte sie auf einmal ihren Vater sagen. Also war dieser Makler da, dieser Hatschi, und offensichtlich wollte er ihre Eltern beschwatzen. Nun, bei denen würde er auf Granit beißen, da war sie eigentlich sicher. Aber warum verhandelten sie dann mit dem Kerl? Warum warfen sie ihn nicht hinaus? Warum ließen sie ihn überhaupt erst herein?

„Mit Westerholt bin ich mir nahezu einig“, hörte sie den Makler posaunen. Wollten Westerholts etwa ihren Hof verkaufen? „… habe ich vor, hier auf Jagd zu gehen“, fuhr der Mann fort. Dann bekämen sie ja diesen schrecklichen Menschen zum Nachbarn. Bei dem Gedanken rieselte es ihr kalt über den Rücken. Warum wollte der gleich zwei Bauernhöfe kaufen?

Ganz vorsichtig öffnete sie die Tür und lugte ins Zimmer. Sie war neugierig, wie der Herr Hatschi aussah. Dass sie nur keiner bemerkte! Denn sie wollte dem Kerl nicht auch noch die Hand geben müssen.

Da saß er im Sessel und redete auf ihre Eltern ein, sein breites Gesicht zu einem Lächeln verzogen. Er war nicht so hässlich, wie Lilly ihn sich vorgestellt hatte. Ein großer, kräftiger Mann. Sein grauer Anzug mit den Hornknöpfen und dem grünen Samtkragen wie auch der grüne Hut auf der Garderobe wiesen darauf hin, dass er Jäger war. Leise schloss Lilly wieder die Tür. Sie verzog sich erst mal nach oben in ihr Zimmer und begann mit den Schularbeiten.

Nachdem sie wenig später das Auto des Maklers wegfahren hörte, ging Lilly hinunter in die Küche zum Mittagessen. Ihre Eltern unterhielten sich über das Angebot des Maklers, das sie lächerlich niedrig fanden.

Noch vor der nur angelehnten Tür, hörte Lilly deutlich, wie ihr Vater sagte: „Der geht bestimmt höher, warts mal ab." Als sie eintrat, verstummte das Gespräch.

„Ein merkwürdiger Mensch, dieser Herr Niesen", nahm Frau Becker die Unterhaltung nach einer Weile wieder auf und sprach ihrer Tochter damit aus der Seele.

„Was will der Kerl eigentlich mit zwei Bauernhöfen?", fragte Lilly. „Ich habe gehört, dass er auch den Hof von Westerholts kaufen will."

„Angeblich möchte er die beiden Höfe zusammenlegen", erwiderte ihr Vater, „und einen Verwalter dafür einsetzen, der sie nach modernen ökonomischen Gesichtspunkten bewirtschaftet."

Lillys Mutter verzog zweifelnd das Gesicht. „Glaubst du das wirklich?"

Herr Becker widmete sich eine Weile seinem Schnitzel, bevor er antwortete: „Nun ja, auf diese Weise bekäme Herr Niesen von der Größe her tatsächlich einen Eigenjagdbezirk. Und er hat doch gesagt, dass ihm vor allem daran liegt, weil er doch ein begeisterter Jäger ist."

„Ein Eigenjagdbezirk?“, erkundigte sich Lilly. „Was ist das?“

Ihr Vater erklärte: „Das ist ein Gebiet, in dem der Eigentümer selber die Jagd ausüben darf. Es muss eine bestimmte Größe haben, und die käme zustande, wenn man beide Höfe zusammenlegte. Bisher haben sowohl wir als auch Westerholts wie auch die anderen Bauern die Jagdrechte für unser Land verpachten müssen. Du weißt, dass im Herbst immer eine große Treibjagd stattfindet. Doktor Homann, der Vater von Adam, ist übrigens einer der Jagdpächter. Kannst du dich erinnern? Im vergangenen Jahr, als er ein Reh geschossen hatte, bekamen wir von ihm eine Keule geschenkt ...“

„Ich kann mir nicht vorstellen“, unterbrach ihn seine Frau, „dass jemand nur wegen so einer Jagd zwei Höfe kauft, noch dazu ein Grundstücksmakler. Es gibt doch bei dem dauernden Lärm kaum noch Wild. Und die Landwirtschaft lohnt schon gar nicht.“

Herr Becker wiegte den Kopf. „Das kommt darauf an, wie man sie betreibt. Würden wir hier einen Großbetrieb aufziehen, in dem wir zehnmal so viele Schweine mästen wie bisher oder ein paar Tausend Hühner oder Kälber, dann ließe sich unter Umständen viel Geld damit machen.“

„Eine schreckliche Vorstellung.“ Frau Becker schüttelte sich. „Aber mir scheint, dieser Niesen hat etwas anderes vor. Wenn ich nur wüsste, was.“

„Manche Leute haben einfach zu viel Geld“, sagte ihr Mann. „Die kommen auf die merkwürdigsten Ideen.“

Da Lillys Mutter meistens das letzte Wort hatte, schüttelte sie den Kopf und meinte abschließend: „Du wirst sehen, es steckt was anderes dahinter. Ich kriege das schon noch heraus.“

Begegnung im Wald

Gleich nach dem Essen ging Lilly in den Pferdestall. Sie hielt sich gern hier auf, mochte die ruhige Atmosphäre, den Geruch von Stroh, Ammoniak und Lederfett. Seit sie denken konnte, ging sie morgens früh in den Stall. Zuerst zu den Kühen, bis ihre Eltern sie abschafften, und in letzter Zeit immer zu den Pferden. Jetzt hatte sie Hera schon seit über zwei Jahren. Eigentlich gehörten alle fünf Pferde ihren Eltern, aber für Lilly war Hera ihr Pferd. Sie verstanden sich gut, obwohl die Stute manchmal etwas eigenwillig war. Herr Becker behauptete, sie habe Macken, und das mochte gelegentlich wohl auch der Fall sein. Doch davon war nichts zu merken, wenn

Lilly mit ihr umging, was ihren Vater natürlich freute.

Hera reckte den Hals über die Brüstung ihrer Box und Lilly begrüßte und umarmte sie erst mal. Sie nahm Striegel und Kardätsche und ging zu ihr hinein um sie zu putzen. Das mochte die Stute. Sie schnaubte wohlig. Als Lilly ihr die Flanken bürstete, lehnte sich Hera regelrecht in die Bürstenstriche hinein. Auch Mähne und Schweif ließ sie sich mit deutlichem Wohlbehagen kämmen. Und beim Auskratzen der Hufe machte sie willig mit.

Nach der Pferdepflege verteilte Lilly frisches Stroh, und zwar gleich in allen Boxen, damit sich die anderen Pferde nicht benachteiligt fühlten, weil sie sich ihnen nicht weiter gewidmet hatte. Dann sattelte sie Hera und führte sie auf den Hof.

Heute kam Doro nicht und sie ritt allein aus. Wie gewohnt schlug sie den Weg am See und am Westerholtschen Hof vorbei zum Wald ein. Sie musste immer noch an den Besuch des Maklers und das Gespräch der Eltern beim Mittagessen denken. Ganz in Gedanken bog sie ab in den Wald. Dachten ihre Eltern womöglich doch daran, den Hof zu verkaufen? Und wollten sie es ihr nur nicht sagen, um sie nicht zu beunruhigen?

„Am besten, ich spreche mit Hannes darüber“, überlegte sie laut und Hera spitzte die Ohren. Sie klopfte ihrem Pferd den Hals und flüsterte ihm zu:

„Dieser Herr Hatschi gefällt uns überhaupt nicht, hab ich Recht? Was sagst du dazu?“ Hera schnaubte heftig und schüttelte sich vor Vergnügen. Lilly unterhielt sich gern mit ihr. Manchmal schien es ihr fast so, als würde das Pferd etwas verstehen.

Um den Kopf wieder frei zu bekommen, drückte sie Hera ihre Hacken in die Flanken und galoppierte los. Der Reitweg führte hier etwa drei Kilometer immer geradeaus durch den Wald und das Pferd konnte sich richtig strecken, als sie ihm die Zügel ließ. Lilly saß ein wenig vornübergebeugt im Sattel, so dass sie federleicht wurde. Ein tolles Gefühl von Schwerelosigkeit.

Die Bäume und Büsche flogen nur so vorbei. Sie jauchzte laut auf und Hera schnaubte vor Vergnügen. Jetzt war Lilly eine Indianerin und Hera ihr Mustang Fliegender Pfeil.

Plötzlich schoss etwas wie ein Schatten aus einem der schmalen Seitenwege heraus. Kein Tier, sondern ein Junge auf einem Fahrrad, das bemerkte sie gerade noch. Dann purzelte sie aus dem Sattel, denn Hera sprang mit allen Vieren zugleich beiseite. Die Landung auf der Erde war hart und schmerzhaft. Einen Moment war Lilly ein wenig benommen. Als sie sich wieder aufrichtete, war ihr erster Gedanke: Gott sei Dank, nichts gebrochen!

Ein erneuter Schreck durchfuhr sie. Der Junge hatte sich mit seinem Fahrrad überschlagen; es war ein Mountainbike. Doch er rappelte sich auf und kam auf sie zu. Er hatte dunkle, lockige Haare, fast wie ein Südländer. Bekleidet war er mit Jeans und einem rotkarierten Flanellhemd.

Noch ehe sie einen klaren Gedanken fassen konnte, brüllte er sie an: „Du blöde Kuh! Kannst du nicht aufpassen?"

Zuerst wusste Lilly nicht, wie ihr geschah. Aber sie hatte sich rasch wieder im Griff. „Idiot!", schrie sie zurück. „Weichei! Kotzbrocken!" Das fiel ihr gerade so ein. Sie merkte, wie eine unbändige Wut in ihr hochstieg. Am liebsten hätte sie sich auf diesen Kerl gestürzt und ihn zusammengeschlagen. Aber er machte einen kräftigen Eindruck, so dass sie sich lieber zurückhielt. Stattdessen schrie sie weiter: „Das ist ein Reitweg, du Null! Überall stehen die Schilder. Hast du eigentlich Tomaten auf den Augen?"

Sie blickte sich um. Wo war Hera? „Hera!", rief sie. Das Pferd hatte sich offenbar so sehr erschrocken, dass es in Panik davongaloppiert war. Der Junge interessierte sie nicht mehr, jetzt war Hera wichtiger. „Hera!", rief sie und rannte hinterher.

Eine Stunde später kam Lilly erschöpft und außer Atem zu Hause an. Wenn Pferde wegliefen, wandten sie sich zumeist irgendwann ihrem Stall zu. So war es auch in diesem Fall. Allerdings hatte das eine kleine Katastrophe zur Folge gehabt. Denn die reiterlose Hera war von Frau Becker entdeckt worden, die sich natürlich die größten Sorgen machte. Sofort hatte sie ihren Mann gerufen. Und der saß schon im Sattel, als Lilly unvermittelt auftauchte. Frau Becker schloss sie erst mal in die Arme.

„Was ist denn passiert?“, wollten die Eltern wissen. „Bist du gestürzt? Hast du dich verletzt?“

Lilly berichtete ihr Erlebnis. „Und dann hat er mich auch noch angeschrien“, beschwerte sie sich.

Die Eltern fanden natürlich ebenfalls, dass der Junge mit seinem Mountainbike nicht in voller Fahrt aus einem Nebenweg heraus den Reitweg kreuzen durfte. Trotzdem schimpften sie mit ihr.

„Wir haben dir schon hundertmal gesagt, du sollst nicht allein ausreiten“, erklärte der Vater.

Die Mutter stimmte ihm zu. „Das ist viel zu gefährlich, du hast es ja nun gesehen. Wenn etwas passiert, weiß niemand, wo du bist. Womöglich liegst du irgendwo im Wald mit einem gebrochenen Bein und keiner kann dir helfen.“

„Also, Lilly, merke es dir“, sagte ihr Vater streng. „In Zukunft wird nur noch in der Gruppe oder wenigstens zu zweit ausgeritten. Sonst muss ich dir Reitverbot erteilen.“

Wenn die Eltern so mit ihr ins Gericht gingen, war es ernst, das wusste Lilly. Sie wagte keinen Widerspruch. Außerdem merkte sie, dass sich ihre Eltern große Sorgen gemacht hatten. Schade, dachte sie. Allein mit dem Pferd herumzustrolchen hat solchen Spaß gemacht. Na ja, dann musste sie eben alle ihre Ausritte künftig zusammen mit Doro oder den anderen Reitern unternehmen.

Der zweite Anschlag

Einige Tage später standen auf der Koppel hinter dem Stall zwei seltsame Tiere. Lilly lief hin, um sie sich näher anzusehen. Es waren tatsächlich zwei elend abgemagerte Klepper mit hohlen Flanken, matten Augen und glanzlosem Fell, die man als Pferde kaum noch bezeichnen konnte. Die beiden Tiere taten Lilly unendlich Leid. Woher kamen sie bloß?

Entsetzt lief sie in die Scheune zu ihrem Vater, der mit dem Gehilfen beim Schweinefüttern war.

„Sie stammen aus Ungarn“, erklärte der Vater ein wenig verlegen. „Zwei bereits eingerittene Sechsjährige; man kann ihr Alter ziemlich genau nach den

Zähnen bestimmen. Ich habe sie zu einem besonders günstigen Preis vom Viehhändler gekauft."

„Sie sind halb verhungert", rief Lilly.

„Ja, sie haben durch den langen Transport und mehrere Zwischenaufenthalte sehr gelitten. Aber sonst sind sie gesund. Ich bin sicher, dass sie sich wieder vollständig erholen."

„Und wo wollen wir sie unterbringen?"

„Sie sollen erst einmal auf der Weide bleiben. Im Sommer wird dann der Stall ausgebaut. Ich denke, wir werden auf der rechten Seite die Boxen abreißen und eine durchgehende Stellfläche für etwa zehn Pferde schaffen; damit sparen wir Platz. Die Boxen auf der linken Seite sind für Pferde, die wir in Pension nehmen. Außerdem habe ich vor, im nächsten Jahr an der großen Koppel einen Offenstall zu bauen, so dass die Pferde vom Frühjahr bis zum Herbst draußen bleiben können, eventuell sogar im Winter. Und wenn der Reitbetrieb gut läuft, können wir uns vielleicht bald eine Reithalle leisten."

„Wir verkaufen also doch nicht!", jubelte Lilly.

„Kein Gedanke daran", erwiderte ihr Vater und sie fiel ihm um den Hals.

Die ersten Reiterinnen und Reiter kamen. Es waren die Fortgeschrittenen. Inzwischen kannte Lilly schon alle beim Namen. Einige kamen regelmäßig ein- oder sogar zweimal die Woche. Heute sollte in der Bahn geritten werden.

Lilly half beim Aufzäumen und Satteln von Hera, Olaf, Rocco und Sascha. Suleika blieb in ihrer Box, denn sie würde bald fohlen. Während die Pferde in der Bahn waren, mistete Lilly den Stall aus. Das war neben der Pferdepflege ihr Beitrag zur Arbeit auf dem Hof, jedenfalls der hauptsächliche.

Sie schob gerade eine Karre Dung auf den Misthaufen, da bemerkte sie, dass sie jemand beobachtete. Auf dem Weg stand ein Junge mit einem Fahrrad. Zuerst dachte sie, es sei Adam Homann. Doch dann stockte ihr einen Moment der Atem. War das nicht …? Natürlich: Mountainbike, Jeans, rotkariertes Flanellhemd, dunkle Schmalzlocken.

„Hallo, Mistkäfer", hörte sie plötzlich seine Stimme. „Du hast neulich mein Fahrrad demoliert!"

„Du Blödmann", schrie sie zurück, „ich hab mir beinah den Hals gebrochen!" Sie wandte sich ab, als gebe es ihn nicht mehr.

„Meine Kette war gerissen", sagte er. „Und die Schutzbleche sind verbeult."

Über die Schulter rief sie: „Mein Pferd ist durchgegangen, ich musste zu Fuß nach Hause gehen. Zieh Leine, sonst hetz ich meinen Hund auf dich!"

Sie pfiff Basko, der auch brav angelaufen kam. Da schwang sich der Junge auf sein Rad und fuhr eilig davon.

Lilly widmete sich erneut der Stallarbeit. Anschließend ging sie nochmals zur Koppel zu den beiden neuen Pferden. Mit hängenden Köpfen standen sie da. Man konnte ihre Rippen zählen. Lilly fütterte sie mit Löwenzahnblättern und Klee. Das mochten sie; auch Mohrrüben nahmen sie gern. Sie hatten zwar sehr gelitten, schienen aber nicht misshandelt worden und dadurch tückisch geworden zu sein. Jedenfalls gab es keine Anzeichen dafür, dass sie bissen oder schlugen. Vielleicht waren sie auch nur zu matt – man würde ja sehen. Lilly streichelte sie, kraulte ihre Mähne, klopfte ihnen den Hals. Nur an den Bewegungen ihrer Ohren und einer gelegentlichen Andeutung von Schnauben merkte sie, dass die Tiere ihre Liebkosungen wahrnahmen.

Abends kam überraschend Herr Westerholt vorbei. Er war ein hoch gewachsener, hagerer Mann, normalerweise ziemlich schweigsam. Nachdem Herr Becker ihm in der Küche einen Stuhl angeboten und ihn zu einem Bier eingeladen hatte, sagte der Nachbar: „Wie ihr wisst, sind neulich zwei meiner Kühe nachts auf der Weide erschossen worden. Ich dachte natürlich an einen Racheakt, aber mir fiel niemand ein, der einen Grund hätte."

Herr Becker wiegte den Kopf. „Manchmal wundert man sich."

„Ja, ja", brummte der Nachbar, „unsere Bürgerinitiative ist einigen Leuten unbequem." Er nahm einen großen Schluck Bier und fuhr bedächtig fort:

„Die Auseinandersetzungen finden in letzter Zeit vor Gericht statt. Ich kann mir eigentlich nicht vorstellen, dass einer unserer Gegner Kühe erschießt oder Weidezäune durchschneidet."

„Was sagst du?", fragte Frau Becker aufgeschreckt und setzte sich dazu. „Weidezäune sind durchgeschnitten worden?"

Der Nachbar nickte. „Gestern Nacht auf unserer großen Weide. Ein Teil der Kühe ist ausgebrochen. Den ganzen Tag haben wir sie im Wald suchen müssen."

„So eine Schweinerei", schimpfte Herr Becker.

„Was sagt denn die Polizei dazu?", wollte seine Frau wissen.

„Ach die." Westerholt winkte ab. „Dieser Kommissar Baumgarten war wieder da. Sie stochern im Nebel." Er legte eine kleine Pause ein, bevor er hinzusetzte: „Das ist auch der eigentliche Grund meines Besuchs. Was haltet ihr davon, wenn wir gemeinsam eine Nachtwache einrichten? Schließlich kann es euch ebenso treffen."

Herr Becker zog die Stirn in Falten und schwieg eine Weile. „Schwierig", brachte er schließlich heraus und ihm war deutlich anzumerken, dass ihm die Antwort schwer fiel. „Hannes ist auf der Landwirtschaftsschule, Lilly ist noch zu jung, unser Gehilfe braucht seinen Nachtschlaf und wir … Also, ich glaube …"

„War ja nur eine Frage“, unterbrach ihn Westerholt. „Nichts für ungut. Natürlich sehe ich eure Gründe ein.“ Er stand auf und verabschiedete sich.

Herr Becker begleitete ihn zur Tür. „Glaub mir, es fällt mir nicht leicht deine Bitte abzuschlagen“, entschuldigte er sich, als sie sich die Hände gaben. „Ich denk noch einmal darüber nach.“

Lilly hatte die ganze Zeit zugehört. Jetzt rief sie spontan: „Wir könnten doch vor dem Schlafengehen immer mit Basko eine Runde machen!“

„Keine schlechte Idee“, stimmte Herr Becker zu.

Doro und Adam

Doro kam gerade vom Einkaufen. Sie bemerkte ihn schon von weitem, unverkennbar Adam Homann. Er kam ihr entgegen, grüßte scheu und wollte vorbeigehen.

„Hallo, Adam", grüßte Doro zurück. Sie blieb stehen, da blieb er ebenfalls stehen.

„Wie gehts?", fragte sie und er antwortete: „Gut."

Verdammt, dachte sie. Warum ist er bloß so schüchtern? Laut sagte sie: „Was macht das Reiten?"

„Ist okay", erwiderte er und schien sich einen Ruck zu geben. „Herr Becker hat gesagt, ich mache Fortschritte."

„Wie schön." Doro freute sich ehrlich. „Dann kannst du ja vielleicht bald mit Lilly und mir ausreiten."

Adam lief wieder einmal rot an, diesmal augenscheinlich vor Freude. „Würde ich gern", stotterte er. „Das wäre super."

Doro wollte sich schon verabschieden, da sagte er plötzlich, offenbar unter großer Überwindung, aber ziemlich flüssig: „Ich habe gerade Taschengeld bekommen. Was hältst du davon, wenn ich dich zu einem Eis einlade?"

Sie staunte. Das hätte sie ihm nicht zugetraut. Jetzt war sie ein bisschen verwirrt. „Gern", antwortete sie. „Warum nicht."

Sie gingen zusammen zwei Straßen weiter in ein Eiscafé. Sie setzten sich und studierten die Karte. „Du kannst aussuchen, was dir schmeckt", sagte Adam. „Ich bin gut bei Kasse."

Der Kellner kam, und Adam bestellte ein Spaghetti-Eis, Doro einen Früchtebecher.

„Wie viel Taschengeld kriegst du denn so?", erkundigte sie sich und merkte im selben Moment, wie neugierig ihre Frage war.

Doch Adam schien nichts dabei zu finden. „Zweihundert im Monat", erwiderte er.

„Was? So viel?" Doro staunte.

„Das ist sozusagen die Entschädigung dafür", erklärte er, „dass meine Eltern nie Zeit haben." Als

Doro ihn groß anguckte, fuhr er fort: „Du weißt ja, meine Eltern sind Ärzte. Sie haben von morgens bis abends in der Praxis, mit Hausbesuchen und im Krankenhaus zu tun. Am Wochenende sind sie oft auf Kongressen, Tagungen, im Jagdrevier oder mit irgendwelchen Freunden unterwegs. Manchmal sehe ich sie tagelang überhaupt nicht."

Dann geht es ihm viel schlechter als mir, dachte Doro. Ich bin wenigstens abends und am Wochenende mit Papa zusammen. Die Probleme mit ihrer Mutter erschienen ihr plötzlich in einem anderen Licht. „Kümmert sich denn niemand um dich?", wollte sie wissen. „Ich meine, wer kocht denn bei euch, wer wäscht die Wäsche?"

„Das macht Frau Bodenstein", erwiderte Adam, „unsere Haushälterin. Die ist ganz in Ordnung."

Das Eis kam und sie hatten zu tun. Doro wunderte sich, wie gesprächig Adam auf einmal war. Er stotterte gar nicht und wurde auch nicht mehr rot. Eigentlich war er sehr nett, fand sie. Natürlich sprachen sie über Pferde. Adam hatte viel darüber gelesen. „Um 1870", erzählte er, „hat man in Asien ein ponyartiges Wildpferd entdeckt, von dem wahrscheinlich unsere heutigen Pferde abstammen. Man hat es nach dem Entdecker benannt, einem russischen Forschungsreisenden. Das Przewalski-Pferd wird heute in Zoos gezüchtet, damit es nicht völlig ausstirbt."

Sie aßen gemütlich ihr Eis und Adam erzählte von den Reiterheeren der Mongolen und der Mauren, die mit Hilfe ihrer schnellen, wendigen Pferde zeitweise große Teile der Welt beherrschten. Er erzählte von den arabischen Vollblütern und dass sie angeblich alle von den fünf Lieblingsstuten des Propheten Mohammed abstammten.

Noch nie hatte Doro ihn so viel reden hören. „Woher weißt du denn das?“, fragte sie verwundert.

„Lesen bildet“, antwortete Adam und strahlte sie an. Er hatte auch einiges über indianische Mustangs gelesen. Das interessierte Doro besonders, weil sie für Indianer und ihr naturverbundenes, freies Leben schwärmte.

Allerdings meinte Adam dazu, das indianische Leben sei nicht so romantisch gewesen, wie es oft dargestellt wird; vor allem nicht für Frauen, die schwer arbeiten und sich dem Mann bedingungslos unterordnen mussten. „Pferde haben die Indianer erst nach der Entdeckung Amerikas durch die Weißen kennen gelernt“, berichtete er. „Als die Spanier Mexiko eroberten, brachten sie Pferde mit. Von denen sind einige weggelaufen und verwildert. In Nordamerika gab es bald große Herden von Wildpferden. Diese Mustangs haben das Leben der Prärieindianer grundlegend verändert.“

Das alles war neu für Doro, obwohl Pferde doch schon seit mindestens zwei Jahren ihr hauptsächlicher Lebensinhalt waren. Sie hörte gebannt zu, während sie ihren Eisbecher genussvoll auslöffelte.

„Hoffentlich langweile ich dich nicht", unterbrach sich Adam plötzlich.

„Nein, nein", erwiderte sie rasch.

Doch nun schwieg er. Da berichtete sie ihm von den erschossenen Kühen und dem durchgeschnittenen Weidezaun. Lilly hatte ihr in der Schule die Neuigkeit mitgeteilt.

Adam fand die Vorgänge natürlich genauso empörend wie alle anderen. „Die Frage ist", überlegte er laut, „wer ein Motiv hat, also einen Grund, so etwas zu tun."

Doro nickte. „Ob die Leute vom Flugplatz dahinter stecken? Das Militär? Was denkst du?"

Adam zuckte die Schultern. „Das glaube ich eigentlich nicht. Es sei denn, einer der Leute dort spielt verrückt."

Aus den Eisbechern ließ sich beim besten Willen nichts mehr herauskratzen. Adam rief den Kellner und bezahlte. Vor der Tür bedankte sich Doro für die Einladung. Als sie sich verabschiedete, fiel ihr noch etwas ein. „Dein Vater ist doch Jagdpächter", sagte sie. „Ob er etwas weiß?"

Adam versprach, seinen Vater bei nächster Gelegenheit danach zu fragen.

Die Falle

Zu Mittag aß Doro, wie immer in der Woche, ein Butterbrot und trank ein Glas Milch. Gleich anschließend fuhr sie zu Lilly hinaus. Das Gespräch mit Adam ging ihr wieder und wieder durch den Kopf. Eigentlich könnte ich mich mit ihm verabreden, überlegte sie. Dann brauchte ich den langen Weg nicht allein zu fahren.

Die Strecke am Waldrand entlang war ihr in letzter Zeit, seit dem Tiermord bei Westerholts, unheimlich geworden. Kein Haus weit und breit und überall Büsche, hinter denen sich jemand verstecken konnte. Womöglich dieser Fiesling mit seinem Mountainbike, von dem Lilly berichtet hatte. Doro lief es kalt den Rücken hinunter. Sie atmete auf, als der Beckersche Hof in Sicht kam. Lilly wartete bereits am Tor.

Zuerst wollte Doro die neuen Pferde begrüßen. Zusammen mit Lilly ging sie zu ihnen auf die Koppel und fütterte sie mit trockenen Brötchen und altem Brot. Zwei ungarische Warmblüter: eine Fuchsstute und ein schwarzer Wallach mit einer großen Blesse und weißen Vorderfüßen.

Herr Becker kam hinzu. „Das schmeckt ihnen", sagte er schmunzelnd. „So gut wie in den vergangenen Tagen ist es ihnen lange nicht mehr gegangen."

„Man siehts", meinte Lilly und kraulte den beiden die Stirn.

„Ja", bestätigte ihr Vater, „sie haben sich erstaunlich schnell erholt."

„Wie heißen sie?", wollte Doro wissen.

Lilly und ihr Vater blickten sich verblüfft an. „Haben wir doch tatsächlich vergessen ihnen Namen zu geben", sagte Herr Becker amüsiert. „Wie wärs, wollt ihr euch welche überlegen?"

„Kommen sie nicht aus Ungarn?", erkundigte sich Doro.

Herr Becker nickte.

„Dazu fällt mir eigentlich nur Piroschka ein", meinte Doro lachend. „*Ich denke oft an Piroschka*, ein Roman, den ich gelesen habe."

„Richtig“, rief Lilly, „und Puszta. Das ist dort die Prärie, sozusagen.“

„Eine Stute und ein Wallach“, stellte Doro fest, „das passt doch. Wir nennen sie Piri und Puszta. Was hältst du davon?“

Lilly war einverstanden und Herr Becker stimmte ebenfalls zu, so dass die neuen Pferde endlich Namen hatten.

Die beiden Mädchen gingen in den Stall. Heute wollten sie wieder ausreiten. Rasch waren Olaf und Hera gesattelt und los gings. Bis zum See im Schritt, dann im Trab, schließlich im Galopp. Wieder im Wald! Blauer Himmel und Sonne, die Bäume standen in vollem Laub, es roch nach Waldboden und Harz. Die Pferde waren von diesen Ausritten mindestens ebenso begeistert wie ihre Reiterinnen.

Auch Basko war wieder mitgekommen. Und weil die Mädchen nach der langen geraden Galoppstrecke auf einer Lichtung Rast einlegten, lief er ein Stück voraus.

„Hoffentlich erschießt ihn nicht der Förster, wenn er so frei herumläuft“, sorgte sich Doro.

„Den habe ich neulich getroffen“, sagte Lilly. „Er ist richtig nett. Der erschießt keine Hunde, wenn sie nicht wildern. Und Basko schon gar nicht, das hat er mir versprochen. Basko hat noch nie gewildert.“

Doro fand, nun sei eine geeignete Gelegenheit, Lilly von dem Gespräch mit Adam zu berichten.

„Was, du hast mit dem Bumann Eis gegessen?“, unterbrach Lilly sie. „Der hat doch nicht alle beisammen.“

Dadurch ließ sich Doro nicht erschüttern. Sie kannte ja das unberechenbare Temperament ihrer Freundin. „Ich finde ihn total nett“, nahm sie Adam in Schutz. „Er ist eben ein bisschen schüchtern. Aber wir haben uns wirklich gut unterhalten. Außerdem hat Adam mich eingeladen, fand ich echt cool.“

„So so. Total nett, ein cooler Typ, was?“ Lilly kicherte. „Hast du dich etwa in ihn verliebt?“

„Blödsinn“, entgegnete Doro, ebenfalls kichernd. Dann setzte sie ganz ernsthaft hinzu: „Wenn ich mich von einem Jungen zum Eisessen einladen lasse, bedeutet das noch lange nicht, dass ich ihn heirate.“

Sie ritten weiter. Der Reitweg führte ein Stück durch einen Kiefernwald, rechts und links junge Birken und Weidenbüsche. Plötzlich hörten sie Basko, und als sie um eine Biegung kamen, sahen sie ihn. Der Hund stand mitten auf dem Weg und bellte wie wild. Aber es war nicht zu erkennen, was ihn so aufregte.

„Was hast du denn?“, rief Lilly. „Nun beruhige dich doch endlich.“ Zu Doro gewandt, meinte sie: „Nichts zu sehen. Wahrscheinlich bellt er irgendein Tier an, das im Dickicht sitzt.“

Sie wollte schon weiterreiten, da sah Doro direkt hinter Basko etwas in der Sonne glitzern. „Bleib stehen!“, schrie sie Lilly zu, sprang vom Pferd und lief zu dem Hund, der bellend und winselnd an ihr hochsprang. Als sie ihn abgewehrt und beruhigt hatte, bemerkte sie vor sich einen Draht, der quer über den Reitweg gespannt war. Ihr stockte der Atem.

Jetzt kam auch Lilly herangelaufen. „Verdammt“, schnaufte sie erschrocken, „das hätte schlimm ausgehen können.“ Gemeinsam lösten sie den in Kniehöhe zwischen zwei Bäumen befestigten Draht und wickelten ihn auf.

Der Spaß war ihnen vergangen. „Weiterreiten können wir jedenfalls nicht“, meinte Lilly. „Womöglich sind noch mehr solcher Drähte gespannt. Und wenn die Pferde dagegenrennen, brechen sie sich wahrscheinlich die Beine. Und wir landen im Krankenhaus oder auf dem Friedhof.“

Doro war dem Weinen nahe. „So eine Gemeinheit“, rief sie empört.

„Gemeinheit?“, knurrte Lilly. „Du meinst wohl, ein Verbrechen. Und ich kann mir auch schon denken, wer der Verbrecher ist: dieser irre Fahrradfuzzi. Wenn ich den erwische, bringe ich ihn um.“

Was blieb ihnen anderes übrig als umzukehren. Schweren Herzens ritten sie den Weg zurück, den sie gekommen waren.

„Was sollen wir denn jetzt machen?“, fragte Lilly, nachdem ihre erste Wut verraucht war. „Wenn wir es meinem Vater erzählen, dürfen wir bestimmt nicht mehr ausreiten."

Doro zuckte traurig die Schultern. „Ich weiß nicht", erwiderte sie leise. „Ich kann gar nicht klar denken." Schweigend ritten sie auf den Hof.

Adam war im Stall. Er hatte ausgemistet, die Pferde gestriegelt und sogar schon die abendliche Fütterung vorbereitet. „Suleika bekommt ihr Fohlen", teilte er Doro als Erstes mit, ganz aufgeregt und überhaupt nicht befangen.

„Ist es schon so weit?" Doro freute sich und lief zur Box von Suleika.

„Heute Nacht oder morgen", erklärte Adam. „Jedenfalls hat das Herr Becker gesagt."

Nichts Neues, das wusste Doro seit Tagen. Nachdem sie abgesattelt und ihren Olaf versorgt hatte, setzte sie sich mit Lilly auf die Truhe in der Sattelkammer um zu beraten. Adam gesellte sich dazu.

„Was willst du denn hier?", fuhr ihn Lilly an.

Aber Doro sagte: „Ach, lass ihn doch. Mich würde mal seine Meinung dazu interessieren."

„Na gut", lenkte Lilly ein und berichtete Adam von ihrem Erlebnis. Sie schloss mit den Worten: „Jetzt wissen wir nicht, ob wir es meinem Vater sagen sollen. Wahrscheinlich wird er uns dann verbieten auszureiten, solange der Gangster, der diese Drähte spannt, nicht gefasst ist."

Adam überlegte. „Ihr könnt es nicht verschweigen“, meinte er schließlich. „Sonst trifft euch die Schuld, wenn jemand von den anderen verunglückt.“

Herr Becker kam in die Sattelkammer. „Na, ihr müden Helden“, rief er und setzte sich zu Adam aufs Fenstersims. „Haltet ihr Kriegsrat?“

Da erzählten Lilly und Doro noch einmal, was sie erlebt hatten.

Herr Becker war außer sich. „So eine Schweinerei“, wetterte er und sprang auf. „Das ist ja nicht zu fassen! Wir müssen sehen, dass der Lump so schnell wie möglich erwischt wird. Sonst ruiniert er unseren Reitbetrieb.“

Lilly blickte ihn entgeistert an. So aufgebracht kannte sie ihren Vater gar nicht. Er war sonst eher ruhig und besonnen. Jetzt lief er hin und her und fuchtelte mit den Händen, als wolle er jemanden verprügeln. „Solche Drahtfallen können tödlich sein“, erklärte er. „Ich mag mir gar nicht vorstellen, was passiert, wenn ein Pferd im Galopp dagegenrennt. Ein heimtückischer Mordanschlag! Eine Katastrophe. Wer kommt denn noch zum Reiten, wenn sich das herumspricht? Ich muss ja alle davor warnen, die Reitwege zu benutzen. Wer stellt dann noch sein Pferd bei uns in den Stall?“ Allmählich fing er sich wieder und fügte etwas ruhiger hinzu: „Wir müssen auf jeden Fall etwas unternehmen.“

„Es war bestimmt dieser Typ, mit dem ich neulich

beinahe zusammengestoßen bin“, vermutete Lilly. „Der treibt sich doch andauernd hier in der Gegend herum. Wenn der mal nicht auch die Kühe erschossen und den Weidezaun von Westerholts durchgeschnitten hat.“

„Vorsicht“, ermahnte sie ihr Vater. „Du bist viel zu schnell mit Beschuldigungen bei der Hand. Dabei hast du keinen einzigen Beweis, nicht einmal einen Anhaltspunkt. Oder?“

Sie warf trotzig den Kopf zurück. „Er hat mich schon zweimal beschimpft.“

„Deshalb muss er noch lange keine Tiere umbringen oder Fallen stellen“, warf Adam ein.

„Ach du …“, fuhr sie ihn an.

Ihr Vater unterbrach sie. „Ich kann mir nicht vorstellen, dass dieser Junge so etwas macht. Aber wir müssen natürlich jeder Spur nachgehen. Ich werde also mit der Polizei und dem Förster darüber reden und auch unsere Nachbarn informieren.“ Mit sorgenvoller Miene ging er hinüber ins Wohnhaus.

Erkundungen

Suleika hatte ihr Fohlen bekommen. Auf staksigen Beinen stand es neben seiner Mutter in der Box und betrachtete die Stallwelt mit großen dunklen Augen. Doro staunte, als sie es erblickte. „Ist das schön“, flüsterte sie und Lilly nickte.

Doro streichelte das Kleine. „Ist es nicht wie ein Wunder?“, sagte sie. „Plötzlich kommt so ein Pferdebaby auf die Welt und ist lebendig, kann uns sehen, riechen, hören; es kann schnauben, mit den Ohren wackeln und bei seiner Mutter Milch trinken.“

Lilly nahm das gelassener. Erhaben wie eine Großmutter meinte sie: „Es ist alles dran. Ich glaube, das Kleine wird mal ein gutes Reitpferd.“

Sie gingen in die Sattelkammer, wo sie sich in letzter Zeit öfter aufhielten. „Was hältst du davon, wenn wir den Raum neu anstreichen und etwas wohnlicher einrichten?“, fragte Lilly. „Dann könnten wir nach dem Reiten hier sitzen und uns unterhalten.“

Doro fand die Idee gut. „Super. Wir besorgen uns noch einen Tisch und eine Bank, möglichst auch Stühle. Adam wird uns bestimmt helfen.“

„Auf dem Dachboden stehen ein paar alte Möbel“, meinte Lilly. „Ich rede mal mit meinen Eltern, ob wir uns die holen dürfen.“

Herr Becker kam herein und berichtete von seinen Gesprächen mit der Polizei und dem Förster. Man werde der Sache nachgehen, hatte man versprochen. Der Förster habe den Jungen mit dem Mountainbike auch schon gesehen. Und es war noch ein weiterer quer über den Reitweg gespannter Draht entdeckt worden. Allgemein war man der Ansicht, dass es sich um denselben Täter handeln müsse, der Westerholts Kühe erschossen und den Weidezaun durchgeschnitten hatte. Kommissar Baumgarten habe allerdings Zweifel daran, ob ein zwölf- oder dreizehnjähriger Junge als Täter in Frage kam.

„Der bestimmt!“, rief Lilly. „So wie ich den kennen gelernt habe, ist er zu allem fähig.“

Die ersten Reiterinnen und Reiter trafen ein. Heute waren alle Pferde ausgebucht. Sogar Piri und

Puszta, mit denen sich Herr Becker mehrere Tage in der Bahn beschäftigt hatte, damit sie sich an den Reitbetrieb gewöhnten. Sie waren wieder gut in Form. Suleika blieb natürlich in der Box; sie sollte demnächst mit ihrem Fohlen auf die Weide kommen.

Sechs Pferde standen jetzt zur Verfügung: Hera, Olaf, Rocco, Sascha, Piri und Puszta. Demnächst würde auch Suleika wieder dazukommen. Das lohnte sich schon. Aber in den Wald hinausreiten konnte man zur Zeit nicht, was die fortgeschrittenen Reiterinnen und Reiter sehr bedauerten. Herr Becker hatte das offiziell damit begründet, dass die Reitwege instand gesetzt werden müssten.

Nachdem draußen der Betrieb begonnen hatte, säuberten die beiden Mädchen den Stall. Von der Reitbahn drangen die Kommandos herüber: „Abteilung im Schritt – Eine Pferdelänge Abstand – Kopf hoch, Hacken tief, Knie ran – Die Hände stehen aufrecht, Zügel und Unterarme bilden eine Linie …!“

„Wir könnten mal an den See und ins Dorf fahren“, schlug Lilly vor, „uns ein wenig umsehen.“

Doro stimmte zu. „Vielleicht kriegen wir ja was heraus.“

Als sie fertig waren, holten sie ihre Fahrräder und machten sich auf den Weg.

Der See war eher ein großer Teich und gehörte noch zum Beckerschen Anwesen. Ein schmaler Feldweg, der vom Hauptweg mit einem Gatter abgesperrt war, führte dorthin. Schilf, Seerosen und Wasserlilien gab es da, Enten, Blesshühner, ab und zu einen Graureiher, der den Fischen und Fröschen nachstellte. Herr Becker hatte erzählt, dass früher auch Gänse und Störche in der Gegend nisteten, doch sie waren durch den Flugbetrieb des nahen Militärflugplatzes vertrieben worden.

„Wenn du Lust hast, könnten wir mal hier angeln", schlug Lilly vor. „Mein Bruder hat es mir beigebracht. Es macht echt Spaß. Und die gefangenen Fische könnten wir uns hinterher grillen. Entweder zu Hause oder gleich hier am Lagerfeuer."

Doro hatte einen Widerwillen gegen zappelnde Fische an Angelhaken. Aber sie wäre gern mal mit dem Boot gefahren, das am Angelplatz lag, der zugleich der Badeplatz war. Leider hatte sich längere Zeit niemand mehr um das Boot gekümmert, so dass es morsch und unbrauchbar geworden war, ebenso wie der hölzerne Steg.

Die Uferstelle mit der kleinen, von Büschen umgebenen Wiese und dem sacht ins Wasser abfallenden schmalen Sandstrand wirkte einladend. Die Mädchen verabredeten, bei nächster Gelegenheit mal zum Schwimmen herzukommen.

„Ich glaube nicht, dass der Fahrradfiesling drüben

im Dorf wohnt“, meinte Lilly. „Ich hätte ihn sonst schon mal dort oder an der Bushaltestelle gesehen. Aber wir können ja trotzdem mal rüberfahren.“

Vorbei am Westerholtschen Hof, fuhren sie zur Landstraße, die sie überquerten. Das Dorf war nicht groß. Die Hauptstraße führte zum Dorfplatz, wo eine knorrige Linde ihre Zweige ausbreitete. Einen Supermarkt mit Parkplatz gab es dort, Gastwirtschaft und Poststelle, schöne alte Fachwerkhäuser sowie mehrere unansehnliche moderne Gebäude. Weiter hinten stand die Kirche, umgeben von hohen Bäumen.

Neubauten waren nicht zu sehen. Der Lärm vom Flugplatz hatte viele Bewohner vertrieben und Zuzug verhindert. Ansonsten wirkte der Ort eigentlich recht idyllisch. Doch was nützte das und was brachte die Umgebung, wenn man nicht in Ruhe leben konnte.

Auch heute brummte, grollte und donnerte es wieder nahezu ununterbrochen in der Luft. Flugtag. Das Militär schätzte schönes Wetter. Von Zeit zu Zeit schossen zwei, drei Düsenjäger im Tiefflug vorüber. Und wenn in größerer Höhe einer die Schallmauer durchbrach, krachte es gewaltig. Früher waren dann manchmal Fensterscheiben zersprungen. Inzwischen hatten alle Häuser stabile Dreifachverglasung; dafür gab es staatliche Zuschüsse.

Lilly, Doro wie auch die Dorfbewohner konnte der Krach nicht mehr erschrecken, sie kannten das.

„Westerholts und die Leute hier haben am meisten unter dem Lärm zu leiden“, meinte Lilly. „Auf unserem Hof geht es schon wieder; aber an manchen Tagen ist es auch bei uns ganz furchtbar. Erst in letzter Zeit nehmen sie etwas mehr Rücksicht; seit nämlich die Bürgerinitiative gegen Fluglärm in der Einflugschneise Drachen steigen ließ. Da konnten die Düsenjäger überhaupt nicht mehr starten. Es hat zwei Tage gedauert, bis die Polizei sämtliche Demonstranten abführen und die Aktion beenden konnte.“

Die Mädchen stellten ihre Räder ab und machten eine Runde durch den Supermarkt. Wo sonst hätte man hier jemanden treffen können? Auf der Straße war jedenfalls niemand zu sehen. „Die einen sind bei der Arbeit“, vermutete Lilly, „und die anderen sitzen vor der Glotze.“ Sie fragte die Kassiererin nach dem Jungen mit dem Mountainbike: „Dunkelhaarig, stämmig, Jeans, rotkariertes Hemd, große Klappe …“ Der Frau fiel zu dieser Beschreibung niemand ein.

Bananen, Dosengemüse, Wegwerfwindeln, Schlagbohrer … Bloß schnell wieder raus. Sie zogen noch eine Runde durch den Ort und fuhren dann über die Landstraße zum nahen Flugplatz. Am Zaun blieben sie stehen. In der Ferne erkannten sie die Piste, auf der gerade mit großem Getöse ein Düsenjäger startete. Kurz darauf landete einer. Beim Aufsetzen der Räder stiegen kleine dunkle Qualmwolken hoch.

Die beiden Mädchen sahen dem Schauspiel zu. Nach einer Weile meinte Doro ein wenig ratlos: „Ich glaube, hier finden wir den Kerl nicht."

„Hab ich mir gedacht", erwiderte Lilly. „Vermutlich kommt er aus einem der Dörfer hinter dem Wald."

Etwas unternehmen

Adam half den Mädchen, das alte Sofa vom Dachboden des Wohnhauses zum Stall zu transportieren. Es war ganz schön schwer, die drei mühten sich redlich damit ab. Die Sattelkammer machte inzwischen einen recht einladenden Eindruck. Lilly und Doro hatten sie mit weißer Farbe frisch gestrichen und sogar die Fensterscheiben geputzt. Mit dem Sofa, einem kleinen Tisch und ein paar alten Stühlen war der Raum jetzt richtig gemütlich.

Herr Becker war beeindruckt. „Ich muss euch loben“, meinte er, als er hereinschaute. „Eine gute Idee, so einen Aufenthaltsraum einzurichten.“ Allerdings stehe es schlecht um den Reitbetrieb, erklärte er sorgenvoll. Solange der Tiermörder und Fallensteller nicht gefasst sei, lasse sich nichts planen. Eigentlich habe er eine Anzeige in der Zeitung aufgeben wollen, bevor der Stall ausgebaut und Boxen für Pensionspferde eingerichtet würden. Wenn man jedoch nicht ausreiten könne, würde wohl kaum jemand eine Box anmieten, um sein Pferd unterzustellen. Und die Bank würde keinen Kredit für den Umbau bewilligen, nachdem kürzlich alles in der Zeitung gestanden hatte.

Adam berichtete von einem Gespräch mit seinem Vater. „Er hat schon durch die Polizei Bescheid gewusst und die anderen Jäger verständigt. Sie wollen sich darum kümmern.“ Er zuckte mit den Schultern. „Ob etwas dabei herauskommt, ist fraglich. Die haben doch nie richtig Zeit.“

Herr Becker nickte und entfernte sich mit gefurchter Stirn.

Seit Adam sich an dem Ausbau der Sattelkammer beteiligte, war er nicht mehr so gehemmt. Sogar Lilly war ihm gegenüber viel milder geworden. Jetzt saßen sie alle drei einträchtig in ihrem neuen Raum, in nachdenklichem Schweigen.

„Wir müssen etwas unternehmen“, sagte Adam schließlich.

Doro seufzte. „Aber was? Was können wir schon tun?“

„Man kann immer etwas tun“, stellte Lilly fest.

„Zum Beispiel könnten wir Patrouille gehen“, schlug Adam vor.

„Was soll das sein?“, fragte Doro.

„Na, auf Streife gehen, einen Spähtrupp bilden.“

Lilly klatschte in die Hände. „Super. Lasst uns gleich anfangen.“

„Tagsüber hat es keinen Zweck“, meinte Adam. „Wir müssten uns nachts treffen und auf die Lauer legen.“

Lilly schüttelte den Kopf. „Unmöglich. Meine Eltern machen schon einen Aufstand, wenn ich später als acht Uhr nach Hause komme.“

„Ich muss um halb sieben zu Hause sein“, pflichtete ihr Doro bei. „Zum Abendessen.“

„Wir haben ja bald Ferien“, fuhr Adam unbeirrt fort. „Was haltet ihr davon, ein paar Tage drüben am See zu zelten?“

Erstaunte Gesichter.

„Wir haben zu Hause ein großes und ein kleines Zelt“, setzte er hinzu. „Schätze, die könnten wir bekommen. Ich fahre erst Ende der Ferien mit meinen Eltern weg. Nur zwei Wochen.“

Allmählich kam seine Idee bei den Mädchen an und führte schließlich zu einem Ausbruch von Begeisterung.

„Dann könnten wir jeden Tag baden“, freute sich Doro. „Mein Vater und ich fahren dieses Jahr zum Wandern in die Berge.“

„Und angeln und uns am Lagerfeuer Fische grillen“, spann Lilly den Faden weiter. „Dann habe ich wenigstens einen Teil der Ferien Gesellschaft. Wir verreisen ja nicht, wegen der Tiere.“

„Klar“, meinte Adam. „Vielleicht erlauben uns deine Eltern sogar, auf euren Landwirtschaftswegen zum See zu reiten.“

„Genau“, rief Lilly. „Das kriege ich schon hin. Und nachts gehen wir heimlich auf Patrouille.“

„Wir sollten schon mal bei Tage damit anfangen“, schlug Doro vor, „damit wir uns nachts besser zurechtfinden.“

Das fand allgemeine Zustimmung. Die drei beschlossen, den Reitweg zu kontrollieren, und machten sich gleich auf den Weg.

Mit den Fahrrädern dort entlangzufahren, wo sie sonst ritten, war für die Mädchen ein seltsames Gefühl. Am Waldrand konnten sie noch auf dem parallel verlaufenden Hauptweg bleiben. Doch im Wald wurde es holprig und beschwerlich; oft mussten sie absteigen und die Räder schieben. Sie bemühten sich in der Reifenspur zu bleiben, die ein Geländewagen hinterlassen hatte, offenbar das Auto des Försters, und hielten Ausschau nach irgendwelchen Hinweisen auf den Täter. An der Stelle der ersten Drahtfalle suchten sie die Umgebung besonders gründlich ab. Nichts, außer dem kaum noch wahrnehmbaren Abdruck eines Fahrradreifens hier und da im Sand.

„Schade“, meinte Adam. „Man kann nichts Richtiges erkennen. Es ist schon zu lange her. Außerdem hat es inzwischen auch geregnet.“

„Die Polizei hat die Spur bestimmt fotografiert und einen Gipsabdruck genommen“, sagte Doro. „Ich hab das mal in einem Krimi gesehen. Das machen die immer.“

Lilly bückte sich und folgte der Reifenspur etwa hundert Meter. Als sie zurückkam, stellte sie fest: „Sie stammt eindeutig von einem Mountainbike. Ich habe es doch geahnt!“

Adam stimmte ihr zu. „Das scheint mir auch so. Ein unverwechselbares Profil. Die Stollen sind deutlich zu erkennen.“

„Dann müssen wir den Kerl nur noch finden“, rief Lilly. „Das sollte doch möglich sein.“

Sie fuhren weiter auf dem von Pferdehufen zerwühlten Weg, so gut es ging. Plötzlich trat Adam in die Bremse. Ein schmaler Pfad kreuzte den Reitweg. Dort hatte er etwas im Gras entdeckt. Triumphierend hob er ein Taschenmesser auf und zeigte es: ein Schweizer Militärmesser mit allerlei Extras wie Schere, Säge und Zange. Auf dem Pfad war schwach die Spur eines Mountainbikes sichtbar. Wenig später kamen sie an die Stelle, wo sich die zweite Drahtfalle befunden hatte.

„Jetzt ist es eindeutig“, sagte Lilly. „Wir brauchen es nur noch der Polizei zu erzählen.“

Adam war da nicht so sicher. „Alles keine stichhaltigen Beweise. Der Typ wird vor Gericht immer behaupten, er sei zum Spaß hier entlanggefahren."

So sah Doro das auch. Aber Lilly war sich ihrer Sache sicher.

Mit dem Fahrrad dauerte der Rückweg erheblich länger als mit dem Pferd. Die drei kamen erst gegen halb sechs wieder auf dem Hof an. Da fuhr gerade das Auto des Viehhändlers mit einem leeren Pferdeanhänger fort. Und Herr Becker stand an der Koppel, auf der ein seltsames Ross weidete. Es erinnerte Lilly und Doro sofort an Piri und Puszta, als sie auf dem Hof angekommen waren.

Das neue Tier, ein Rappe, war zum Erbarmen mager und hatte einige Verletzungen. Allerdings schien es nicht ganz so heruntergekommen zu sein wie es die beiden ungarischen Pferde gewesen waren.

„Wo hast du denn das schon wieder her?", fragte Lilly ihren Vater. „Wer hat das arme Tier bloß so zugerichtet?"

Ihr Vater hob beschwichtigend die Hände. „Beruhige dich. Es kommt aus Bulgarien. Ich habe es fast geschenkt bekommen und eigentlich nur genommen, um es vor dem Pferdeschlachter zu retten. Aber ich hatte wohl keine glückliche Hand."

„Was ist mit dem Pferd?", erkundigte sich Adam.

Er machte Anstalten, durch den Zaun zu steigen und hinzugehen.

Herr Becker hielt ihn zurück. „Ihr müsst das Tier erst mal in Ruhe lassen, der Satan steckt in ihm. Ich habe gerade festgestellt, dass es trotz seiner schlechten Verfassung beißt, schlägt und bockt. Also haltet Abstand."

„Was machen wir denn nun mit ihm?", fragte Lilly.

Ihr Vater zuckte die Schultern. „Mal abwarten." Er ging hinüber zum Stall. „Du kannst mir helfen, Suleika und ihr Fohlen auf die Weide zu bringen", rief er Lilly zu.

„Sollen sie etwa zu diesem schwarzen Teufel?", fragte Doro entsetzt.

„Der muss erst mal für sich bleiben", erwiderte Herr Becker. „Ich habe gesehen, dass auf der kleinen Wiese am See jede Menge saftiger Klee steht. Der wird Suleika schmecken. Sie braucht jetzt besonders gutes Futter."

Scheitan

Oft freute sich Doro schon den ganzen Vormittag darauf, nachmittags zu Lilly zu fahren. In der Schule konnte sie sich dann in der letzten Stunde kaum noch auf den Unterricht konzentrieren. Manchmal quatschte sie mit Lilly und die beiden wurden zur Ordnung gerufen. Sie dachten an die Pferde, den Stall, die Felder und den Wald, vor allem an Olaf und Hera.

Heute waren sie glücklich, denn nach der vierten Stunde gab es hitzefrei. „So kann es bis zu den Sommerferien weitergehen“, fand Lilly und verabschiedete sich mit den Worten: „Bis nachher.“

Schnell gegessen, in die Stiefel und dann ab. Die

Brotreste hatte Doro schon am Abend zuvor besorgt. Diesmal hielt sie unterwegs am See an, um Suleika und ihren Nachwuchs zu besuchen. Den beiden schien es ausgezeichnet zu gehen. Sie standen mitten auf der von Büschen gesäumten Wiese im Klee; ein friedliches Bild wie aus alter Zeit.

Als Doro rief, kam Suleika gleich heran, das Fohlen dicht hinter ihr. Sie wusste, dass etwas Gutes in dem Beutel war, mit dem Doro raschelte. Heute ging fast die Hälfte des alten Brotes und der Brötchen an die Pferdemutter. Ihr Kleines konnte allerdings nicht an diesem Schmaus teilhaben; es wurde noch gesäugt.

Doros Blick wanderte weiter zum sandigen Ufer mit dem wackeligen Holzsteg, über die Wasserfläche, die Seerosen, hinüber zum Schilf. Sie konnte sich kaum losreißen. Hoffentlich erlaubte ihr Vater, dass sie mit Lilly und Adam hier ein paar Tage zeltete. In einer ruhigen Minute würde sie ihn fragen. Aber zuerst mussten Lillys Eltern ihre Zustimmung geben.

Sie fuhr weiter zum Hof. Schon vom Weg aus sah sie Adam, der an dem Zaun der Koppel stand und sich mit dem neuen Pferd beschäftigte. Doro ging hinüber. Er sprach mit dem Tier, das in seiner Nähe graste und ihn scheinbar nicht beachtete. Doch am Spiel der Ohren war zu erkennen, dass es zuhörte, jedenfalls die menschliche Stimme wahrnahm. Außerdem ließ es Adam nicht aus den Augen.

Jetzt, bei genauerer Betrachtung, merkte Doro erst, in welch bedauernswertem Zustand das Pferd wirklich war. Abgesehen davon, dass man sämtliche Rippen zählen konnte, hatte es mehrere Wunden an Hals, Brust und Flanken. Doro näherte sich vorsichtig dem Zaun. Sie wollte dem Tier ein Brötchen hinhalten, aber Adam meinte: „Wirf es ihm lieber zu. Herr Becker hat Recht, er beißt und schlägt tatsächlich. Ich wollte ihn streicheln und ihm einen Apfel geben, da hat er nach mir geschnappt und ausgeschlagen."

Lilly und ihr Vater kamen hinzu. „Seid vorsichtig, Kinder", rief Herr Becker. „Abstand halten!"

Adam seufzte. „Ich glaube, der Gaul braucht einen Psychiater."

„Ob die Verletzungen vom Transport kommen?", fragte Doro. „Manche Wunden sehen mir eher nach Schlägen aus."

„Ich befürchte auch, das Tier ist misshandelt worden", bestätigte Herr Becker.

„Wer macht denn so was?", fragte Adam kopfschüttelnd.

„Es werden doch sogar Menschen misshandelt und gequält", erwiderte Herr Becker. „Ständig und überall auf der Welt."

„Diese tagelangen Tiertransporte sind ein Verbrechen", schimpfte Lilly. „Die Pferde stehen oft mehrere Tage zusammengepfercht in einem Lastwagen und kriegen weder zu essen noch zu trinken. Eine Schande!“

Das fand offenbar auch Basko. Er umsprang die Gruppe, hielt sich jedoch vorsichtshalber fern von dem Rappen, der heftig schnaubte, wenn der Hund in seine Nähe kam.

„Ich habe gelesen, dass Tiere ebenso wie Menschen ein Schmerzzentrum im Gehirn haben“, sagte Adam.

„Das stimmt“, bestätigte Herr Becker. „Sie leiden unter Schmerzen genauso wie Menschen. Auch Tiere haben Gefühle und ihre Würde. Wir sollten ihnen mit Achtung begegnen.“

„Tierquälerei ist doch verboten“, sagte Doro. „Der frühere Besitzer müsste bestraft werden.“

Herr Becker nickte. „Nach dem Tierschutzgesetz ist es in der Tat verboten, Tieren willkürlich Schmerzen zuzufügen oder sie leiden zu lassen. Aber dieses Pferd wurde in Bulgarien gekauft. Wir wissen gar nicht, wie es früher behandelt wurde. Die Verletzungen stammen von dem Transport. Und ob solche Transporte vor dem Gesetz als Tierquälerei gelten, ist unklar. Natürlich haben die Lastwagenfahrer Anweisungen, die Pferde unterwegs zu bewegen, zu füttern und zu tränken. Aber das klappt eben nicht. Manche scheuen den Aufwand und den Zeitverlust, andere haben Angst vor den Tieren. Und dann gibt es leider immer wieder Menschen, die Tiere quälen; einfach so, zum Spaß." Er schüttelte hilflos den Kopf, bevor er fortfuhr: „Es ist unglaublich, aber es kommt immer wieder vor. Als ich gestern die Wunden behandelte, habe ich bemerkt, dass einige sehr tief sind."

„Kann man diese Sadisten nicht anzeigen?", wollte Adam wissen.

„Das führt zu nichts", meinte Herr Becker. „So etwas ist schwer nachzuweisen. Die Situation ist zumeist auch recht unübersichtlich. Nimm einmal an, so ein Lastwagenfahrer will ein Pferd ein- oder ausladen und er wird nicht mit ihm fertig. Was passiert? Das Pferd kriegt Schläge. Die Grenze zwischen Hilflosigkeit, Willkür und Sadismus ist manchmal sehr schmal."

„Wir sollten solche Pferde nicht kaufen", meinte Lilly. „Dann gäbe es auch nicht diese schrecklichen Transporte."

„Sie waren schon auf dem Weg zum Pferdeschlachter", verteidigte sich ihr Vater. „Sowohl die beiden aus Ungarn, als auch dieses hier. Ich habe sie nur aus Mitleid gekauft …"

„Und weil sie so billig waren", unterbrach ihn seine Tochter.

„Richtig", erwiderte ihr Vater erbost. „Ich habe sie besonders günstig gekauft. Und jetzt haben wir das Theater mit diesem schwarzen Biest. Fraglich, ob es jemals im Reitbetrieb einzusetzen sein wird. Das Vieh ist doch vollkommen verdorben."

„Hat es schon einen Namen?“, erkundigte sich Adam, um das Gespräch wieder in ruhigere Bahnen zu lenken.

Herr Becker wandte sich dem Stall zu. „Scheitan“, sagte er. „Das ist das arabische Wort für Teufel. Er benimmt sich wie ein Teufel und soll auch so heißen.“ Er drehte sich noch mal um. „Wir haben mehrere Fuhren Heu einzubringen. Wie wärs, wenn ihr ein wenig helfen würdet?“

Lilly, Doro und Adam gingen mit ihm zum Stall, wo der Gehilfe gerade mit einem voll beladenen Wagen Heu hielt. Frau Becker kam mit einer Kanne Buttermilch und Emaillebechern herüber. „Zweiunddreißig Grad im Schatten“, sagte sie. „Da braucht man was Kaltes.“ Sie schenkte jedem einen Becher voll herrlich frischer Buttermilch ein.

Dann kletterten die drei auf den Heuboden, wo sie das mit dem Förderband hochkommende Heu gleichmäßig verteilten und schichteten. Winterfutter für die Pferde.

Zuerst machte es noch Spaß, aber beim zweiten Fuder stöhnte Adam: „Ich hätte nie gedacht, dass Landarbeit so anstrengend ist.“

„Wart erst mal ab, bis die Kartoffeln und Rüben geerntet werden“, schnaufte Lilly. „Du bist herzlich eingeladen.“

Auch Doro machte die ungewohnte Anstrengung zu schaffen. Sie wischte sich den Schweiß ab und meinte mit einem Anflug von Galgenhumor: „Kinderarbeit ist eigentlich verboten."

„Aber nicht auf dem Lande", entgegnete Lilly lachend.

Nach dem dritten Fuder wurden sie endlich erlöst. Aufatmend kletterten sie vom Heuboden herunter und Herr Becker lobte: „Ihr habt uns sehr geholfen. Ein Gewitter ist im Anzug und wir haben das ganze Heu noch trocken hereinbekommen."

Schüsse auf der Weide

Zwei Wochen später sah Frau Becker vom Küchenfenster aus einen Streifenwagen der Polizei in der Einfahrt halten. Sie bekam einen Schreck. Hoffentlich ist Lilly nichts passiert, dachte sie und lief zur Vordertür.

„Ihr Nachbar, Herr Westerholt, hat uns angerufen“, sagte der Polizist. „Er hat heute Nacht Schüsse gehört, die aus der Richtung Ihres Hofes kamen. Wissen Sie oder Ihr Mann irgendetwas darüber?“

Frau Becker rief ihren Mann aus der Scheune. „Schüsse aus unserer Richtung?“, wunderte er sich. „Was soll denn das bedeuten?“

„Ihrem Nachbarn wurden doch vor einiger Zeit

zwei Kühe erschossen“, erwiderte der Polizist. „Wir dachten …“

„Mein Gott“, rief Herr Becker, „die Stute und ihr Fohlen stehen auf der Weide am See. Wir müssen sofort nachschauen.“ Er stieg rasch zu dem Polizeibeamten ins Auto und sie fuhren zum See.

Auf der Weide war alles ruhig, das Gatter verschlossen. Durch die Büsche hindurch bemerkten sie die Stute. Erst als sie weitergingen, sahen sie, dass etwas nicht stimmte. Die Stute stand neben ihrem im Gras liegenden Fohlen – sie war blutverschmiert. An Hals, Brust und Hinterhand hatte sie Verletzungen, die offenbar von Schüssen herrührten. Ihr Fohlen bewegte sich nicht, es war tot.

Herr Becker war fassungslos. Ihm steckte ein Kloß in der Kehle. Wie betäubt trat er zu Suleika und streichelte sie. „So eine Gemeinheit“, murmelte er immer wieder. Dann besann er sich und rief dem Polizisten zu: „Die Tierärztin muss kommen.“ Der Beamte war schon auf dem Weg zum Streifenwagen, um sowohl die Tierärztin als auch die Kriminalpolizei zu benachrichtigen. Die Spuren mussten gesichert und der Vorfall protokolliert werden. Herr Becker führte Suleika, die sich kaum auf den Beinen halten konnte, beiseite.

Lilly, Doro und Adam waren entsetzt über den neuen Tiermord. Wer konnte bloß so gemein sein,

ein Fohlen zu töten? Nach den Feststellungen der Polizei hatte jemand vom Gatter aus mehrere Schüsse auf die Stute und ihr Fohlen abgegeben. Das Fohlen war in die Brust und in den Kopf getroffen worden und sofort tot gewesen. Suleika hatte drei Schüsse abbekommen, die jedoch nicht lebensgefährlich waren. Die Tierärztin hatte die Wunden versorgt und der Stute ein Schmerzmittel gegeben. Jetzt lag sie in ihrer Box. Lilly und Doro kümmerten sich um sie, was ihr gut tat.

Gegen Abend kam die Tierärztin noch einmal vorbei, um nach Suleika zu sehen. Frau Dr. Lorsbach war selbst Reiterin seit ihrer Jugend und kannte sich daher besonders gut mit Pferden aus. „Die Suleika braucht zwei, drei Wochen Ruhe“, meinte sie. „Dann ist sie wieder vollständig gesund. Natürlich macht ihr der große Blutverlust zu schaffen und sie hat einen Schock. Das ist ja bei Pferden nicht anders als bei Menschen, wenn sie etwas Schreckliches erleben.“

Adam begleitete Frau Dr. Lorsbach zu ihrem Auto und vertraute ihr an, dass er Tierarzt werden wollte.

„Ich kann dir nur zuraten, mein Junge«, sagte die Ärztin. „Das ist ein wunderbarer Beruf, wenn man mit Tieren umgehen mag und nicht zu sehr auf die Chemie setzt.« Sie berichtete aus ihrer Praxis, von Kanarienvögeln, Katzen, Schafen und Kühen. Adam fasste sich ein Herz und fragte sie um Rat bei der Behandlung kranker oder verstörter Pferde.

Anschließend widmete er sich wieder dem neuen Pferd. „Du bist doch überhaupt kein Teufel“, lockte er Scheitan und hielt ihm ein Stück Brot hin. Er sprach mit ruhiger Stimme auf ihn ein. Inzwischen durfte er sich sogar auf die Koppel wagen und das Pferd streicheln. Auch putzen ließ sich Scheitan, seitdem die Wunden einigermaßen verheilt waren.

Herr Becker hatte das anfangs nicht zulassen wollen. „Wir werden den Satan weiterverkaufen müssen“, hatte er prophezeit. „Notfalls an den Pferdeschlachter. Für den Reitbetrieb ist er jedenfalls nicht zu gebrauchen.“ Seit einigen Tagen staunte er nur noch, wenn er Adam mit dem Tier umgehen sah. Heute wollte er dem Jungen helfen, Scheitan zu zäumen und einen Sattel aufzulegen, ihn eventuell sogar zu reiten. „Vielleicht trägt deine Engelsgeduld Früchte«, meinte er.

Adam hatte dem Pferd viel Zeit gewidmet. Fast jeden Tag war er auf den Hof gekommen, um zwei, drei Stunden mit Scheitan zu sprechen, zu flüstern, ihn zu streicheln und ihm Leckerbissen zukommen zu lassen. Das Pferd hatte allmählich Zutrauen zu ihm gefasst. Und an manchen Nachmittagen, wenn Adam keine Zeit hatte, schien es, als warte es auf den Jungen.

Die Mädchen wollten sich Adams Reitversuche natürlich nicht entgehen lassen. Gespannt verfolgten sie vom Zaun aus, ob er Erfolg haben würde. Ganz vorsichtig streifte er Scheitan das Zaumzeug über und befestigte die Riemen. Das Pferd ließ es sich widerstandslos gefallen. Mit dem Satteln war es schon schwieriger, da tänzelte es nervös.

„Warte lieber noch ein paar Tage, bis du aufsitzt«, empfahl Herr Becker.

Doch Adam nahm Scheitans Kopf in den Arm und sprach leise auf ihn ein. Das Pferd ließ sich seine Liebkosung gefallen, genoss sie offensichtlich. Es stupste ihn mit der Nase in die Seite.

Schließlich stieg Adam vorsichtig auf. Doro, Lilly und Herr Becker standen am Zaun und hielten den Atem an. Sie sahen, wie Adam anritt, wie er Zügel- und Schenkelhilfen gab und eine Runde durch die Koppel machte. Das Pferd war zwar unruhig, ging aber gehorsam am Zügel.

„Lass es damit gut sein“, rief Herr Becker Adam zu.

Da klopfte und lobte Adam den Wallach und stieg wieder ab. Herr Becker half ihm, das Zaumzeug zu lösen und abzusatteln.

„Wie hast du das bloß hingekriegt?“, fragte Doro, nachdem Scheitan einen Apfel als Belohnung bekommen hatte.

Und Lilly sagte anerkennend: „Du reitest schon sehr gut. Hätte nicht gedacht, dass du es so schnell lernst.“

„Ich weiß gar nicht, was ich sagen soll“, pflichtete Herr Becker den Mädchen bei.

Obwohl sich Adam ganz cool gab, merkte man ihm doch an, dass er stolz war. Mit Recht. „Es gibt da einen Trick“, verriet er. „Den hat mir die Tierärztin anvertraut. Also: Ich habe fast jeden Tag ein Stück Brot eine Weile in meine Achselhöhle gesteckt und Scheitan damit gefüttert. Anscheinend nehmen die Pferde den Geruch dessen wahr, der ihnen das Brot gibt, und verbinden etwas Positives damit. Als mir Frau Doktor Lorsbach das erzählte, habe ich gedacht, ich probier es einfach mal aus.“

Herr Becker schmunzelte. „Der Trick hat ja auch gewirkt. Ich meine, die Behandlung hat geholfen. Allerdings glaube ich, dass deine Zuwendung mindestens ebenso wichtig war. Mach nur weiter; du darfst Scheitan selbstverständlich reiten, wann du willst.“

Kommissar Baumgarten kam über den Hof und unterbrach das Gespräch. Er berichtete von dem Ergebnis der polizeilichen Untersuchungen. „Ein Täter konnte bislang nicht ermittelt werden“, erklärte er. „Eines steht jedoch fest: Die Kugeln stammen aus derselben Pistole, mit der die Kühe von Herrn Westerholt erschossen wurden.“ Er ließ sich noch über die Waffe und die Untersuchung der „Züge“, wie er das nannte, an den Bleikugeln aus. „Die sind unverwechselbar“, sagte er. „Jeder Lauf einer Pistole oder eines Gewehrs hat spezielle Eigenarten, die sich in dem Blei des Geschosses abzeichnen. Das ist wie ein

Fingerabdruck." Zum Schluss meinte er: „Wir haben alle überprüft, die hier in der Gegend einen Waffenschein haben. Ohne Erfolg. Melden Sie uns bitte jeden außergewöhnlichen Vorfall, auch wenn er Ihnen unwichtig erscheint. Und seien Sie vorsichtig!"

„Warum wurde denn der Junge mit dem Mountainbike nicht verhaftet?", wollte Lilly wissen. „Wir haben Ihnen doch erzählt, dass seine Fahrradspur in der Nähe der beiden Drahtfallen ganz deutlich zu sehen war."

„So schnell geht das mit Verhaftungen nicht", erwiderte der Kommissar. „Erstens können wir nicht gleich jeden festsetzen, der irgendwann einmal am Tatort war. Zweitens ist der Junge trotz eingehender Nachforschungen nicht ausfindig zu machen. Und drittens gehen wir davon aus, dass es sich mit an Sicherheit grenzender Wahrscheinlichkeit um einen erwachsenen Täter handelt."

„Da bin ich ganz anderer Meinung", entgegnete Lilly ärgerlich und wollte noch etwas hinterherschicken: Dass die Polizei sich nicht genug Mühe gebe. Dass sie nur in sämtlichen Schulen und Supermärkten der Umgebung zu fragen brauchte. Gab es nicht eine genaue Personenbeschreibung? Doch im letzten Moment überlegte sie es sich, presste die Lippen zusammen und schwieg lieber. Dann müssen wir uns eben selber darum kümmern, dachte sie.

Camping

„Dass ihr am See zeltet", sagte Lillys Vater, „kommt überhaupt nicht in Frage."

„Das ist viel zu gefährlich", pflichtete ihm seine Frau bei.

Aus der Art, wie ihre Eltern auf ihre Frage reagierten, schloss Lilly, dass Widerspruch zwecklos war. Seit dem Mord an dem Fohlen waren zwei Wochen vergangen und die großen Ferien hatten begonnen. Wie schön wäre es gewesen, jetzt einige Tage zu baden, in der Sonne zu liegen, in den Wald zu reiten, zu angeln und abends am Lagerfeuer zu sitzen. Zusammen mit Doro und Adam. Sie hatten sich so darauf gefreut.

Als Doro und Adam gleich nach dem Mittagessen kamen, erzählte sie ihnen von dem Verbot. Die beiden waren ebenso enttäuscht. Natürlich sahen alle drei ein, dass eine gewisse Gefahr bestand. Aber der Tiermörder hatte doch nicht auf Menschen geschossen. Außerdem konnte man vielleicht eine Wache aufstellen. Genau, sie hätten nachts abwechselnd wachen können. Schließlich waren sie zu dritt und mit Basko sogar zu viert. Mit ihm hätte ihnen sowieso nichts passieren können, fanden sie.

Nachdem sie sich um die Pferde gekümmert, die Abendfütterung vorbereitet und ausgemistet hatten, leisteten Lilly und Doro Suleika noch ein bisschen Gesellschaft. Die Braune hatte sich rasch erholt, sie war so gut wie gesund. Bald konnte sie wieder im Reitbetrieb eingesetzt werden. Auch Scheitan ging inzwischen problemlos unter dem Sattel; jedenfalls wenn Adam ihn ritt. Er sprach immer noch mit dem Pferd, streichelte, klopfte und fütterte es mit Leckereien, Hafer und Brot; wenn möglich, jeden Tag.

Anschließend trafen sich die drei in der Sattelkammer um Kriegsrat zu halten. „Mein Vater hatte nichts gegen das Zelten", sagte Doro. „Er hätte am liebsten mitgemacht. Allerdings weiß er ja nicht, dass der See ziemlich weit vom Haus entfernt ist", fügte sie hinzu.

Adam berichtete, seine Eltern hätten ihm die Erlaubnis unter der Bedingung gegeben, dass Lillys Eltern einverstanden seien. Sie könnten am besten einschätzen, ob wegen des Tiermörders eine Gefahr bestand.

Lillys Mutter kam mit einer Flasche Saft und Gläsern herein. „Ich habe gerade noch mal mit Papa gesprochen“, sagte sie zu Lilly. „Wir meinen, dass nichts dagegen spricht, wenn ihr ein oder zwei Wochen im Obstgarten zeltet. Da haben wir euch in unserer Nähe und ihr seid trotzdem für euch. Was haltet ihr davon?“

Das kam so überraschend, dass die drei sich erst mal besinnen mussten. Natürlich stimmten sie zu. Auf der Weide am See wäre es natürlich schöner gewesen. Aber im Obstgarten, das war besser als gar nicht zu zelten. Dort gab es einen wunderschönen Platz zwischen den Apfelbäumen, wo Lilly ihre Hängematte aufgespannt hatte. Vielleicht durften sie sogar ein Lagerfeuer anzünden. Und tagsüber zum See zu gehen war ihnen ja nicht verboten worden. Sofort begannen sie Pläne zu schmieden.

Zwei Tage später kamen am Nachmittag zwei Wanderer auf ihren voll bepackten Rädern auf den Hof gefahren: Doro und Adam. Sie waren an dem heißen Sommertag ins Schwitzen geraten. Ein Wunder, was so ein Fahrrad alles tragen konnte.

Die beiden wurden von Lilly bereits sehnsüchtig

erwartet und in den Obstgarten geleitet. Rasch waren die Packtaschen, Rucksäcke und die beiden Zeltbündel abgeladen. Dann ging es ans Aufstellen der Zelte.

Das eine war ein großes Hauszelt. „Das nehmen wir“, bestimmte Lilly und brachte ihre Luftmatratze und den Schlafsack hinein.

Basko, der sich ihnen angeschlossen hatte, schlüpfte ebenfalls ins Zelt, aber Lilly scheuchte ihn hinaus. „Damit wollen wir gar nicht erst anfangen“, schimpfte sie. „Hunde gehören nicht in die Betten. Sie sollen draußen bleiben und Wache halten.“

Adam protestierte nicht, als Lilly ohne weiteres das Hauszelt beanspruchte. „Es hat ein Vordach“, erklärte er und befestigte die Plane an zwei Stangen. „Darunter können wir sitzen, wenn es mal regnet, oder zum Essen und so.“ Er baute ein zweites, kleineres Zelt auf, in das er seine Sachen schaffte. „Das reicht mir völlig“, meinte er. „Man könnte sogar zu zweit drin schlafen.“

Er hatte auch einen Campingkocher, ineinander verschachteltes Aluminiumgeschirr mit Töpfen und eine Bratpfanne mitgebracht.

Doro war begeistert. „Super“, rief sie. „Wir kochen uns gleich etwas! Wie wärs mit Tee?“

Adam zog aus einer seiner Packtaschen einen großen Beutel, in dem sich allerlei Lebensmittel befanden. „Tee und Zucker habe ich auch“, stellte er fest und baute den Kocher auf. „Fehlt uns nur noch Wasser.“

„Das hole ich schnell“, bot Lilly an. „Könnten wir uns auch Eier braten?«

„Klar“, antwortete Adam, „wenn du welche mitbringst. Ich habe übrigens auch Margarine zum Braten und sogar ein halbes Brot.“

„Du bist ein Schatz“, lobte Lilly, die erfreut all die guten Sachen begutachtete, die aus dem Beutel und der anderen Packtasche zum Vorschein kamen. „Hat dir das deine Mutter mitgegeben?«

„Frau Bodenstein, unsere Haushälterin“, antwortete Adam. „Meine Mutter hat für so was keine Zeit. Sie ist ja von morgens bis abends in der Praxis.“

Doro packte ebenfalls einige Lebensmittel aus: Müsli, zwei Milchtüten, Honig und mehrere Beutel Trockensuppen.

„Hm, Müsli“, freute sich Adam. „Daran habe ich nicht gedacht.“

Kurz darauf hockten die drei im Kreis um den Campingkocher und schlürften Tee. „Camping ist Spitze“, verkündete Lilly.

Adam nickte befriedigt. „Hab ich doch immer gesagt.“

„Woher weißt du eigentlich, wie das geht?“, erkundigte sich Doro.

„Von meinem Opa“, erwiderte Adam. „Er fährt manchmal mit mir für ein paar Tage zum Zelten an die Nordsee. Meine Oma kommt auch mit, aber sie wohnt solange im Hotel. Ihr ist Zelten zu umständlich." Er begann von den Ferien an der Nordsee zu erzählen, von einer Wattwanderung, wie sie einmal beinahe vom auflaufenden Wasser eingeholt worden wären …

Am Abend war der Campingplatz fertig eingerichtet. Im Schatten hingen an einem Apfelbaum die Beutel mit den Lebensmitteln und ein Wasserbehälter mit einem Zapfhahn daran; den hatte Lilly besorgt. Das Gras war weich, der Himmel klar, und in der Bratpfanne brutzelten Spiegeleier.

Der Mountainbike-Fuzzi

Die erste Nacht im Zelt war ganz schön aufregend gewesen. Die ungewohnte Umgebung, das luftige Zeltdach und die vielen seltsamen Geräusche, die man in den Häusern gar nicht wahrnimmt. Der Wind raschelt in den Blättern der Bäume, Äste knacken, eine Kuh muht auf der Weide, ein Fasan ruft, irgendwo in der Ferne bellt ein Hund. Gut, dass seit einiger Zeit der Nachtflugbetrieb eingestellt war; so hatte es kein plötzliches Donnern und Dröhnen vom nahen Flugplatz gegeben.

Aufgestanden waren die Langschläfer erst gegen neun, als es in den Zelten allmählich warm wurde. Sie hatten abends noch lange zusammengehockt, erzählt und Pläne geschmiedet. Frau Becker, die den gesunden Schlaf der drei Camper nicht stören wollte, war morgens zum Füttern eingesprungen. Ausnahmsweise. Denn eigentlich hatte es Lilly übernommen, die Pferde morgens und abends zu füttern und einmal in der Woche auszumisten. Abgesehen vom Putzen; aber das besorgten fast immer die anderen Reiter. Für frische Streu sorgte zumeist ihr Vater, der auch die Fütterungen vorbereitete und hauptsächlich für die Pferde zuständig war.

Zum Frühstück waren sie doch lieber in die Küche gegangen. Es brachte viele Vorteile, zum Beispiel, dass man nicht alles selber machen musste. Nach dem Frühstück halfen Doro und Adam Lilly bei der Stallarbeit. Dann hatten sie im See gebadet, ein bisschen im Gras gelegen und wieder im Haus zu Mittag gegessen. Es gab Erbsensuppe mit Würstchen.

„Heute Abend“, kündigte Lilly an, „grillen wir uns am See ein paar Fische.“

„Erst mal welche fangen“, meinte Adam.

„Ach, das ist nicht so schwer“, erwiderte Lilly. „Wenn ich mit meinem Bruder angeln war, haben sie immer gebissen.“ Sie holte zwei Angeln und einen Spaten, mit dem sie im Garten nach Regenwürmern suchte. Endlich konnte es losgehen. Die drei schwangen sich auf ihre Fahrräder und fuhren erneut zum See.

Um die Fische nicht zu verscheuchen, pirschten

sie sich diesmal leise an das Ufer heran. Merkwürdig. Hatte jemand von ihnen am Vormittag Kleidung vergessen? Sie sahen sich überrascht an und schlichen näher. Da lagen im Gras ein Paar Schuhe, Jeans, Hemd, Unterwäsche. In den Weidenbüschen steckte ein Fahrrad – und im Wasser sahen sie den Kopf eines Jungen.

Lilly traute ihren Augen nicht. Rasch lief sie zum Gebüsch und zog das Fahrrad hervor: ein Mountainbike. Und diese Schmalzlocken! Sie sprang ans Ufer und rief dem verdutzten Jungen zu: „Hast du mich nicht neulich beinahe mit deinem Mountainbike umgefahren?«

Der Junge hatte sich offenbar von seinem ersten Schreck erholt und antwortete halb wütend, halb spöttisch: „Nein. Du hast mich neulich beinahe umgeritten."

„Nun werd mal nicht frech!", rief Lilly. „Wir wissen, dass du der Tiermörder bist und die Drähte über den Reitweg gespannt hast."

„Du hast wohl einen Sprung in der Schüssel!" Der Junge schwamm näher ans Ufer und blieb dann, bis zur Brust im Wasser, stehen.

Doro und Adam waren Lilly gefolgt. „Wir haben auf dem Reitweg deine Spuren gefunden«, sagte Doro.

Adam unterstützte sie: „Du bist genau an den Stellen gewesen, wo die Drähte gespannt waren."

„Kann schon sein“, entgegnete der Junge. „Das hat mich eben interessiert.“

„Woher wusstest du eigentlich davon?“, fragte Doro.

Der Junge lachte. „Es stand doch groß in der Zeitung, dass jemand Kühe erschossen und quer über den Reitweg Drähte gespannt hat.“

Während Lilly seine Sachen durchwühlte, knurrte sie: „Du lügst, wenn du den Mund aufmachst.“

„Lass meine Sachen liegen«, protestierte der Junge. „Was suchst du überhaupt?“

„Die Pistole“, rief Lilly. „Ich bin sicher, du hast eine Pistole.“

Offenbar hatte der Junge den Ernst der Lage noch nicht erkannt. Jedenfalls flachste er: „Ich nicht, aber mein Vater hat eine. Er ist nämlich Soldat.“

„Aha“, stellte Lilly triumphierend fest. „Ihr habt es gehört. Sein Vater hat eine Pistole.“ Als sie nichts fand, kramte sie in ihrer Hosentasche und beförderte ein Taschenmesser zutage. Wieder dem Jungen zugewandt, flötete sie mit zuckersüßer Stimme: „Ein Schweizer Militärmesser. Gehört es vielleicht dir?“ Sie klappte Schere, Säge und Zange aus.

„Zeig mal her“, rief der Junge und kam etwas näher. „Ja, es gehört mir. Woher hast du es?“

„Dann bist du endgültig überführt“, sagte Lilly streng. „Wir haben es direkt neben einer Drahtfalle gefunden.“

Der Junge schüttelte den Kopf. „Ihr spinnt", rief er. „Gebt sofort mein Messer her und dann zieht Leine!"

„Komm raus", forderte ihn Lilly auf.

„Würd ich ja gern", antwortete er. „Mir wird allmählich kalt. Leider habe ich keine Badehose an."

„Wir werden dich jetzt zur Polizei bringen", erklärte Lilly.

„Dann lasst mich wenigstens etwas anziehen." Der Junge grinste.

Lilly trat noch einen Schritt näher ans Ufer. „Erst wenn du zugibst, dass du der Tiermörder bist."

Der Junge klapperte bereits mit den Zähnen. „Ich kann doch nichts zugeben, was nicht stimmt!", schrie er.

„Nun lass ihn endlich raus", schaltete sich Doro ein. „Er hat ja schon ganz blaue Lippen."

Adam flüsterte: „Ich glaube nicht, dass er es war. Sonst hätte er niemals zugegeben, dass sein Vater eine Pistole hat und dass es sein Taschenmesser ist."

Doch Lilly war nicht zu halten. Sie sprang zu dem Mountainbike, zerrte es ans Ufer und drohte: „Wenn du es nicht zugibst, werfe ich dein Fahrrad ins Wasser."

Glücklicherweise hielten sie Adam und Doro davon ab. Adam beruhigte sie: „Er hat wahrscheinlich gar nichts damit zu tun. Lass ihn endlich raus, damit er sich anziehen kann."

Doro stimmte ihm zu. „Ich glaube auch nicht, dass er der Tiermörder ist.“

Da gab Lilly auf. Vor Wut und Enttäuschung kamen ihr die Tränen. „Und wer war es dann?“, rief sie. „Außer ihm ist doch niemand in der Nähe gewesen. Jedenfalls gibt es nicht die geringste Spur.“

Sie gingen beiseite, damit der Junge aus dem Wasser kommen und sich anziehen konnte.

„Wenn er immer im Wald herumfährt“, meinte Adam, „hat er vielleicht etwas gesehen. Wir könnten ihn fragen.“

Doro wandte sich dem Jungen zu, der inzwischen seine Hose angezogen hatte und sich Gesicht und Haare mit seinem Hemd abtrocknete. „Wie heißt du eigentlich?“, fragte sie.

„Mario“, antwortete er kurz angebunden.

„Und wo wohnst du?“

„In der Soldatensiedlung hinter dem Flugplatz.“

„Ach, deswegen hat dich die Polizei nicht gefunden“, sagte Lilly, die sich wieder beruhigt hatte. „Das ist ja ’ne ganze Ecke entfernt.“

„Polizei?“, fuhr er auf.

Doch Doro beschwichtigte: „Die wollen dir nichts anhängen. Aber die Polizei ermittelt natürlich und wir sind auch hinter dem Täter her. Hast du vielleicht irgendetwas bemerkt, was uns weiterhelfen könnte?“

Mario fuhr sich durch das Haar und überlegte, während er Hemd und Turnschuhe anzog. „Da war etwas“, meinte er nach einer Weile. „Genau in der Zeit, als das mit den Drähten passiert sein muss, hab ich nachts etwas Komisches bemerkt. In der Nähe des Parkplatzes an der Landstraße stand auf einem Waldweg ein Auto, ich bin in der Dunkelheit beinahe mit dem Rad dagegen gefahren. Es war ein großer dunkler Mercedes und niemand war zu sehen. Ich dachte: Warum parkt der da und nicht auf dem Plarkplatz? Da hab ich …“

„Was hast du denn nachts allein im Wald gemacht?“, unterbrach ihn Lilly, sofort wieder misstrauisch.

Adam stöhnte. „Nun lass ihn doch endlich in Ruhe. Sonst erfahren wir überhaupt nichts.“

„Da hab ich mir die Nummer aufgeschrieben“, erzählte Mario weiter.

„Was?“, schrie Lilly begeistert. „Du hast die Autonummer? Her damit.“ Sie war wie ausgewechselt.

„Sie steht in meinem Notizbuch“, wehrte Mario ab. „Und das liegt zu Hause. Ich kann euch die Nummer bei Gelegenheit geben.“

„Nicht bei Gelegenheit, sondern gleich“, verlangte Lilly. „Es geht um Stunden.“

„Ach was“, meinte Doro. „Wenn er heute Abend bei euch anruft und die Nummer durchgibt, reicht das auch.“

Adam nickte. „Dann können wir morgen früh mit Kommissar Baumgarten telefonieren und der kann den Autofahrer vernehmen.“ Er hatte in der Zwischenzeit die Angeln abgewickelt.

„Okay“, stimmte Mario zu.

Etwas verlegen gab Lilly ihm sein Taschenmesser zurück.

Sie gingen am Ufer entlang auf die andere Seite des baufälligen Stegs, denn am Badeplatz waren die Fische sicherlich verscheucht. Lilly befestigte einen Wurm am Haken und warf die eine Angel aus. Mario war mitgekommen und schaute gespannt zu.

Da gab Adam ihm die andere Angel. „Wenn du willst, kannst du sie nehmen“, bot er an. „Ich angle nicht gerne.“

Das ließ sich Mario nicht zweimal sagen. Er hatte die Angel kaum ausgeworfen, als es auch schon biss. Der Schwimmer tauchte mit einem Ruck weg, und als er anschlug und den Fisch hakte, ging die Schnur hin und her; die auf Zug eingestellte Rolle knarrte ununterbrochen. Allmählich holte er die Schnur wieder ein.

„Mensch, das muss ein ziemlicher Brocken sein“, vermutete Lilly.

Vorsichtshalber ging sie mit ihrer Angel ein wenig zur Seite. Tatsächlich. Mario zog einen dicken Karpfen an Land. Ganz behutsam machte er das, damit die Schnur nicht riss, denn sie hatten den Käscher vergessen.

Mario betäubte den Fisch durch einen Schlag auf

den Kopf; dann tötete er ihn mit einem Stich durch die Kiemen.

Doro schaute einen Moment weg, weil sie kein Blut sehen konnte. „Wo hast du das gelernt?“, erkundigte sie sich.

„Ich kann den Fisch auch grillen“, erwiderte Mario stolz. „Mein Vater hat es mir beigebracht. Er hat mit mir Überlebenstraining gemacht.“

Adam grinste. „Wenn man dabei Grillen lernt, ist es vielleicht doch nicht so doof, wie ich dachte“, meinte er.

Kurz darauf fing Lilly einen Hecht, der sich ebenfalls sehen lassen konnte. Damit gaben sie das Angeln auf und zündeten am Ufer ein Lagerfeuer an; trockne Äste lagen ja genug unter den Bäumen herum. Lilly und Mario hockten sich ans Wasser, schuppten die Fische und nahmen sie aus. Dann zogen sie den Karpfen und den Hecht auf Weidenstöcke, die sie nach Marios Angaben nahe der Glut schräg in die Erde steckten. Schon bald begann es köstlich zu duften.

Nach einer halben Stunde war das Mahl fertig. Sogar an Salz hatte Lilly gedacht. Jeder bekam ein Stück Hecht und ein noch größeres Stück Karpfen. Es schmeckte einfach himmlisch.

Anschließend fuhren sie zusammen zum Hof und setzten sich noch eine Weile vor die Zelte. Mario erzählte, dass er im Frühjahr manchmal nachts in den

Wald gefahren sei, um in der Morgendämmerung Birkhähne beim Balzen zu beobachten. „Es gibt nur noch ganz wenige“, erklärte er. „Ein paar leben hier im Wald, und zwar in der Gegend, wo es moorig ist und Heide wächst.“

„Lassen dich deine Eltern nachts so ohne weiteres weg?“, fragte Lilly verblüfft.

„Ach, die kriegen das gar nicht mit“, erwiderte Mario. „Sie arbeiten beide.“

„Nachts?“, wunderte sich Doro.

„Ja. Meine Mutter ist beim Fernmeldeamt und hat oft Nachtschicht. Und mein Vater ist Feldwebel bei der Luftwaffe. Er macht auch gern Nachtdienst, weil das besser bezahlt wird.“

Lilly gab sich einen Ruck. „Tut mir Leid, dass ich dich verdächtigt habe“, sagte sie. Nach einer Weile fügte sie hinzu: „Du kannst ja deine Eltern mal fragen, ob du ein paar Tage mit uns zelten darfst. Dann könntest du nachts mit uns auf Patrouille gehen. In Adams Zelt wäre noch Platz.“

„Die haben bestimmt nichts dagegen.“ Mario freute sich. „Vielleicht schnappen wir den Tiermörder auf frischer Tat. Nachher gebe ich euch die Autonummer durch und morgen komme ich mit meinem Schlafsack und der Isomatte.“

Doro war einverstanden und auch Adam stimmte zu: „Dann bin ich nachts wenigstens nicht allein im Zelt.“

Auf Patrouille

Suleika war wieder völlig gesund. Sie brauchte Bewegung und Lilly nutzte die Gelegenheit, um Mario zu longieren. Jetzt hockte er mit dem festen Vorsatz, reiten zu lernen, im Sattel. Aber aller Anfang ist eben schwer. Es wollte ihm noch nicht gelingen, sich dem Rhythmus des Pferdes anzupassen. So wurde er hin und her und auf und nieder geworfen, bis ihm fast die Lust verging.

„Mit dem Mountainbike ist es einfacher", rief er und sprang ab um zu verschnaufen. „Außerdem würde ich viel lieber drüben im Wald reiten, im Westernstil, so wie die Cowboys in den Filmen aus dem Wilden Westen oder wie die Indianer." Er hielt die

Hand vor die Lippen und stieß ein so gellendes Trillern aus, dass die sonst sehr sanfte Suleika erschrocken beiseite sprang und sich bäumte.

„Bist du bekloppt!“, fuhr ihn Lilly an. „Du kannst doch das Pferd nicht so erschrecken! Lern erst mal richtig mit Pferden umgehen und in der Bahn reiten, dann sehen wir weiter.“

„Tschuldigung“, murmelte Mario, der selber von der Aufregung, die sein Übermut ausgelöst hatte, überrascht war. Er wurde ganz rot.

Suleika beruhigte sich rasch wieder. Lilly klopfte ihr den Hals und führte sie in den Stall. Suleika hatte sich einen Stein in den Huf getreten. Lilly zeigte Mario, wie man ihn entfernte und die Hufe säuberte. „Eine richtige Reiterin hat immer einen Hufkratzer in der Tasche“, meinte sie und zog einen leicht gekrümmten Eisenhaken aus ihrer Hosentasche. Dann nahm sie sich Huf für Huf vor.

Mario staunte, wie geschickt sie das machte. Mit der einen Hand hob sie das Bein des Pferdes an und hielt es fest, mit der anderen Hand kratzte sie den inneren Huf sauber. Das sah ganz einfach aus. Aber als sie ihm den Hufkratzer in die Hand drückte und auf den letzten noch nicht gesäuberten Huf deutete, musste er sich doch sehr überwinden, ihrem Beispiel zu folgen. So nahe an die Pferdehufe heranzugehen war ihm unheimlich. „Tritt sie mich auch nicht?“, erkundigte er sich vorsichtshalber.

„Ach was“, beruhigte ihn Lilly. „Wenn man keine Faxen macht, ist Suleika lammfromm.“

Anschließend setzten sie sich in die Sattelkammer und Lilly zeigte Mario, wie man Sättel und Zaumzeug pflegt. Sie nahmen sich die Riemen und Gurte vor, die sie mit Lederfett einrieben, um sie geschmeidig zu halten. „Du darfst den theoretischen Unterricht und die Ausbildung in der Bahn nicht unterschätzen“, begann Lilly noch einmal, jetzt aber ruhig und sachlich. „Erst wenn du mit dem Pferd umzugehen verstehst, wenn du die richtige Sitzhaltung hast und die nötigen Hilfen geben kannst, kommst du auch im Gelände klar. Vorher ist es viel zu gefährlich, außerdem eine Plackerei für dich und das Pferd.“

Mario nickte nur. Weiteren Auseinandersetzungen wollte er lieber aus dem Wege gehen. Widerspruchslos ließ er sich den Aufbau des Sattels und die einzelnen Teile des Zaumzeugs erklären.

Adam beschäftigte sich mit Scheitan, während Doro ausmistete und hinterher Olaf striegelte. Alle Pferde waren jetzt wohlgenährt. Sie sahen gepflegt aus, auch Scheitan, Piri und Puszta. Ihr Fell glänzte, die Augen waren klar und die Hufe sauber beschlagen. Bevor die drei neuen Pferde geritten wurden, hatte Herr Becker den Hufschmied kommen lassen. Die vernarbten Wunden von Suleika und von Scheitan waren kaum noch zu erkennen.

Am Nachmittag kam Kommissar Baumgarten, dem sie morgens per Telefon die Autonummer durchgegeben hatten. Er war zunächst etwas zurückhaltend und befragte Mario zu seinen Beobachtungen. Dann rückte er mit einer verblüffenden Nachricht heraus. „Die Autonummer, die ich von euch habe, gibt es nicht." Er wandte sich Mario zu. „Du musst dich in der Dunkelheit geirrt und eine falsche Nummer aufgeschrieben haben."

„Auf keinen Fall", widersprach Mario. „Ich habe die Buchstaben und Zahlen sogar noch einmal verglichen, nachdem ich sie aufgeschrieben hatte."

Der Kommissar schüttelte zweifelnd den Kopf. „Die Nummer stimmt nicht", stellte er fest. „Daran gibt es keinen Zweifel."

Mario war ganz verdattert. „Ich hab die Nummer doch extra überprüft", wiederholte er. „Das kann ich beschwören. Ich habe sie genau so aufgeschrieben, wie sie auf dem Nummernschild stand."

„Was machen wir nun?", fragte Doro, als der Kommissar gegangen war.

„Wir fangen wieder von vorn an", sagte Lilly niedergeschlagen.

Adam war nachdenklich geworden. „Womöglich ist sie irgendwie abgeändert worden", meinte er. „Der Fahrer könnte zum Beispiel ein falsches Nummernschild angefertigt haben oder so."

„Das hieße, dass wir es tatsächlich mit dem Pferdemörder zu tun hätten“, stellte Doro fest. „Es fährt niemand mit einer falschen Autonummer herum, wenn er nicht was im Schilde führt.“

Sie blickten sich an und alle nickten. Es kam also darauf an, den Autofahrer zu finden, der mit ziemlicher Sicherheit der Tiermörder war, und ihn möglichst auf frischer Tat zu ertappen.

„Wir müssten nachts den Parkplatz an der Landstraße kontrollieren“, schlug Doro vor.

„Genau“, stimmte ihr Adam zu. „Wenn der Tiermörder mit diesem Ausgangspunkt bisher gute Erfahrungen gemacht hat, wird er dabei bleiben. Von dort aus kann man sowohl Westerholts Kuhweide als auch den See und den Reitweg bequem zu Fuß erreichen.“

Das fanden auch die andern. Also beschlossen sie, nachts auf Patrouille zu gehen. In der ersten Nacht wollten sie alle vier losziehen.

„Mal sehen, wie es nachts im Wald so ist“, meinte Adam, dem bei dem bloßen Gedanken daran ein Schauer über den Rücken lief.

„Kein Problem“, beruhigte ihn Mario. „Ich kenn mich da aus.“ Er machte eine wegwerfende Handbewegung.

Gegen zwei Uhr brachen sie auf. Sie waren am Abend schon früh schlafen gegangen und hatten einen Wecker gestellt, der sie aus dem Tiefschlaf riss. Ekelhaft. Aber auch ziemlich spannend. Allerdings kam Doro erst richtig zu sich, als sie sich anzog. Basko hatten sie vorsichtshalber an einem Apfelbaum angebunden. Er durfte nicht mit, weil er unter Umständen Lärm machte, wenn man Ruhe brauchte.

Sie gingen zu Fuß und Adam verteilte Schokoriegel. Er dachte eben an alles. Solange der Weg am Waldrand entlangführte, konnte man verhältnismäßig gut sehen, denn die Felder lagen im Mondschein. Aber im Wald wurde es dunkel und unheimlich. Ein Käuzchen schrie klagend, der Wind bewegte die Fichtenzweige und manchmal knackte es zwischen den Bäumen oder im Dickicht, wenn ein Tier Witterung von dem unerwarteten Menschenbesuch bekam und flüchtete.

„Allein hätte ich Angst", flüsterte Doro.

Mario, der die Gruppe führte, beruhigte sie. „Nachts ist es im Wald wahrscheinlich sicherer als tagsüber. Welcher Verbrecher geht schon nachts in den Wald?"

„Der Tiermörder", flüsterte Lilly und schüttelte sich.

„Was machen wir denn, wenn wir ihn treffen?", fragte Adam kleinlaut.

„Vielleicht hätten wir Basko doch lieber mitnehmen sollen", meinte Lilly. „Er hätte uns helfen können, den Kerl festzunehmen und zur Polizei zu bringen."

Mario zog sein Messer aus der Tasche und klappte es auf. „Das kriegen wir auch so hin“, sagte er im Brustton der Überzeugung. „Wenn er nicht freiwillig mitgeht, müssen wir Gewalt anwenden.“

„Es würde doch reichen, wenn wir ihn beobachten und genau beschreiben können“, wandte Doro leise ein.

„Mal sehen“, erwiderte Mario. „Wir müssen das von der Situation abhängig machen.“ Er behielt sein Messer vorsorglich in der einen Hand, die Taschenlampe in der anderen. Lilly schloss sich ihm an, Doro und Adam hielten sich dicht dahinter.

Mario gab Lilly die Taschenlampe. „Du darfst nur Licht anmachen, wenn wir den Kerl treffen“, flüsterte er. „Dann leuchtest du ihm ins Gesicht und ich schleiche mich hinter ihn.“

Plötzlich stießen Doro und Adam gleichzeitig einen leisen Schreckensruf aus, und Lilly und Mario fassten sich unwillkürlich bei den Händen. Neben ihnen polterte und krachte es im Gebüsch, mehrere Schatten flogen auf sie zu – und an ihnen vorbei. Ihnen blieb fast das Herz stehen.

„Rehe“, rief Mario, der sich als erster wieder fing. „Es waren nur Rehe.“ Er lachte erleichtert und Lilly und Doro stimmten ein.

„Pst!“, zischte Adam. „Wir müssten bald da sein. Wenn uns der Kerl hört, gibt er Gas und verschwindet.“

Weiter gings. So erreichten sie den Waldweg, der zum Parkplatz an der Landstraße führte. Sie spähten umher. Nichts, kein Auto war zu sehen, auch nicht auf dem Parkplatz.

„Er stellt sein Auto natürlich nur hier ab, wenn er wieder etwas vorhat", vermutete Adam.

Doro seufzte. „Uns wird nichts anderes übrig bleiben als jede Nacht herzukommen." Sie wollte gleich umkehren, denn der Schreck saß ihr noch in den Gliedern.

Doch Lilly protestierte. Sie bestand darauf, Parkplatz und Waldweg eine Weile im Auge zu behalten. „Womöglich kommt er noch", meinte sie. „Es ist doch noch nicht einmal drei Uhr."

Mario pflichtete ihr bei. „Bis vier müssen wir mindestens warten. Um die Zeit habe ich damals das Auto gesehen."

Sie suchten sich ein geschütztes Plätzchen am Rande des Weges, von wo sie auch den Parkplatz überblicken konnten. „Wenn ein Auto kommt, müssen wir sofort zwischen den Büschen in Deckung gehen", sagte Mario. „Sonst sieht uns der Typ."

Lilly und Doro rückten zusammen. Es war zwar nicht kalt, aber in den dünnen Pullis auch nicht gerade warm. „Jetzt zu Hause im Bett zu liegen wär eigentlich nicht schlecht", flüsterte Doro.

„Oder wenigstens im Zelt in unseren Schlafsäcken", wisperte Lilly zurück.

Zum Zeitvertreib schlug Adam vor, Witze zu erzählen. Er kannte eine Unmenge, vor allem Schottenwitze. „Sagt ein Schotte zum andern …“ Auf diese Weise ging die Stunde rasch herum. Doch es tat sich nichts. Um diese Zeit fuhren nicht einmal mehr auf der Landstraße Autos vorbei.

Gegen fünf Uhr lagen die Detektive wieder in ihren Zelten und schliefen den Schlaf der Gerechten. Dennoch litten alle vier am nächsten Morgen unter einer bleiernen Müdigkeit, die den ganzen Tag nicht weichen wollte.

Mario versicherte zwar, das gehe vorbei, daran gewöhne man sich; aber sie beschlossen dann doch, in Zukunft immer nur zu zweit zu gehen, damit sich die andern beiden richtig ausschlafen konnten.

Ausgebrochen

Um zwei Uhr, als Doro und Adam in der übernächsten Nacht auf Patrouille gingen, war Scheitan noch dagewesen. Das wussten sie genau, denn er hatte laut geschnaubt, als sie vorbeigingen, und Adam hatte ihm ein paar beruhigende Worte zugeraunt. Ob das Pferd jedoch bei der Rückkehr gegen vier Uhr noch in der Koppel war, daran konnten sich die beiden nicht mehr erinnern. Sie waren schon zu müde gewesen und hatten gerade noch in ihre Schlafsäcke gefunden.

Jedenfalls war die Koppel am Morgen leer und zum Weg hin wies der Zaun eine Lücke auf. Zwei Latten lagen auf dem Boden. Ob sie jemand entfernt oder Scheitan sie losgemacht hatte, ließ sich nicht feststellen. Es könne sein, meinte Herr Becker beim Frühstück, dass der Wallach dagegen gedrückt habe; er könne sich zum Beispiel am Zaun gescheuert haben, wodurch die Latten gelockert worden und heruntergefallen seien.

Adam und Mario warfen sich einen vielsagenden Blick zu, den nur die Mädchen bemerkten, sagten jedoch nichts dazu. Natürlich nahm Mario an den gemeinsamen Mahlzeiten teil, seit er mit den anderen im Obstgarten zeltete; das war keine Frage. Da er sich in der Natur und beim Camping viel besser als die anderen auskannte, war er eine echte Bereicherung. Außerdem passte er sich gut in die Gruppe ein, obwohl er etwas älter war. Besonders Lilly kümmerte sich um ihn, brachte ihm Reiten bei und lernte ihn im Stall an.

Nachdem ihre erste Begegnung eine einzige Katastrophe gewesen war, verstanden sich die beiden inzwischen recht gut. Darin ging es ihnen ähnlich wie Scheitan und Basko, die sich ebenfalls angefreundet hatten. Über Lillys anfänglichen Verdacht wurde einfach nicht mehr gesprochen. Ihre Mutter hatte dazu nur bemerkt: „Hoffentlich lernst du daraus, dass man niemanden auf bloße Vermutungen hin verdächtigt."

Herr Becker hatte schon mit dem Auto den Weg bis zur Landstraße abgefahren, doch ohne Ergebnis.

„Wahrscheinlich grast der Satan irgendwo in der Nähe im Wald“, vermutete er. „Da gibt es um diese Jahreszeit die besten Kräuter. Auf den Feldern ist er jedenfalls nicht; wir müssen ihn also suchen.“ Er erläuterte seinen Plan: „Jeder fährt mit dem Fahrrad einen der Hauptwege entlang und achtet auf Hufspuren. Vielleicht spüren wir Scheitan auf diese Weise auf und können ihn einfangen. Auf jeden Fall treffen wir uns alle in zwei Stunden wieder hier auf dem Hof.“

Die Suchaktion ergab lediglich, dass Scheitan sich tatsächlich im Wald befinden musste. Sowohl Doro als auch Mario hatten an unterschiedlichen Stellen Hufspuren gesehen, aber das Pferd blieb verschwunden. Herr Becker hatte selbst mit Basko nichts erreicht.

Wie sollte man Scheitan in dem großen Wald finden? Herr Becker war immer noch zuversichtlich. „Der taucht schon wieder auf“, meinte er. „Wahrscheinlich an einem Weg, wo saftiges Gras wächst.“

„Wenn er nur nicht über die Landstraße oder zur Autobahn läuft“, sorgte sich Frau Becker.

Alle wollten die Suche gerade wieder aufnehmen, da rief der Förster an. Er habe ein pechschwarzes Pferd auf der Lichtung am Grillplatz grasen sehen, sagte er. Ob es zum Beckerschen Reitstall gehöre. Übrigens habe sich das Ross nicht einmal anfassen lassen. Sobald er näher kam, sei es mit angelegten Ohren und wütendem Schnauben in Abwehrstellung gegangen.

„Typisch Scheitan", sagte Herr Becker kopfschüttelnd und etwas ratlos, als seine Frau von dem Gespräch mit dem Förster berichtete.

„Adam kriegt das schon hin", beruhigte ihn Lilly.

„Am besten, wir reiten zusammen zum Grillplatz", schlug Doro vor. „Die anderen Pferde haben bestimmt eine beruhigende Wirkung auf Scheitan und Adam kann ihn leichter einfangen."

Das war die Lösung. Sie benutzten ausnahmsweise die normalen Waldwege, weil nach wie vor die Gefahr bestand, dass auf dem Reitweg Draht gespannt war. Lilly nahm die Gelegenheit wahr, um von ihrem Vater die Genehmigung für weitere Ausritte zu erhalten. Doch der lehnte entschieden ab. „Solange der Lump nicht gefasst ist, bleibt der Reitweg tabu", erklärte er. „Und auf den anderen Waldwegen ist Reiten sowieso verboten."

Als die vier zusammen mit Herrn Becker auf die Lichtung am Grillplatz ritten, kam ihnen Scheitan wider Erwarten erfreut entgegen. Für Adam war es eine Kleinigkeit, ihm ein Halfter überzustreifen und ihn an die Leine zu nehmen. Er folgte willig wie ein Hündchen zum Stall.

Nur Mario hatte Schwierigkeiten. Die Innenseite seiner Knie war seit Tagen wundgeritten. „Ich wusste gar nicht, dass man mit den Knien reitet", stöhnte er.

„Mehr mit den Knien als mit dem Hintern", belehrte ihn Lilly. „Auf dem Hintern sitzt der Reiter, aber mit den Knien hält er sich." Sie war stolz auf ihren Erfolg als Reitlehrerin. Immerhin hatte Mario innerhalb weniger Tage so viel gelernt, dass er an einem Ausritt teilnehmen konnte.

Die Pferde mussten abgerieben und ihre Hufe gesäubert werden; außerdem war noch auszumisten. Aber zu viert ging die Stallarbeit rasch von der Hand. Wenn man sich dazu noch unterhalten konnte, war es fast schon ein Vergnügen.

Überall im Wald reiften die Blaubeeren. „Wenn ihr welche sammelt", sagte Frau Becker, „mache ich zur Feier des Tages Blaubeerpfannkuchen. Was haltet ihr davon?"

Ein Sturm der Begeisterung war die Antwort. Sofort gingen alle mit Kannen und Töpfen auf die Blaubeersuche. Bald hatten sie eine ergiebige Stelle gefunden und schon nach kurzer Zeit ihre Gefäße gefüllt. Frau Beckers Kunst stand nichts mehr im Wege. Ihre Spezialpfannkuchen schmeckten einzigartig.

Nach dem Essen fanden sich die vier zur Beratung in der Sattelkammer zusammen. Adam sprach aus, was alle dachten: „Jemand muss die Latten abgerissen haben. Ihr wisst schon, wen ich meine."

„Dann ist der Tiermörder wieder unterwegs gewesen“, sagte Doro.

„Aber er muss woanders geparkt haben“, stellte Mario fest. „Den Parkplatz haben doch Doro und Adam nachts kontrolliert.“

„Vielleicht hat er sein Auto diesmal auf dem Parkplatz an der Bushaltestelle abgestellt“, vermutete Lilly.

Doro schüttelte sich. „Beinahe wären wir ihm begegnet.“

„Na und?“, rief Mario. „Dann hätte das Versteckspiel ein Ende gehabt.“

„Oder wir wären tot“, sagte Adam trocken.

Mario lachte. „Ach was! Der erschießt doch keine Menschen, noch dazu zwei auf einmal.“

„Ich möchte mal wissen, warum er überhaupt so was tut“, sagte Lilly. „Es muss einen Grund geben.“

Mario machte eine wegwerfende Handbewegung. „Manche Leute spinnen ganz einfach, die ticken nicht richtig. Die brauchen keinen Grund, um Tiere zu quälen oder zu töten.“

„Wir müssen unsere Patrouillen auf den Parkplatz an der Bushaltestelle ausdehnen“, schlug Adam vor.

Das fand die Zustimmung der anderen, zumal es lediglich einen Umweg von zehn Minuten bedeutete. Selbstverständlich durften Lillys Eltern von den nächtlichen Erkundungen nichts wissen; das hätten sie niemals gebilligt.

Der Tiermörder

Abends erlaubte Herr Becker, dass sie vor ihren Zelten ein Lagerfeuer anzündeten. „Macht es aber nicht zu groß“, schränkte er ein.

„Nur ein Indianerfeuer“, versprach Mario, der sich darin auskannte. Er legte Feldsteine zu einem Kreis. „Unser Feuerplatz“, erklärte er und schichtete geschickt ein paar trockene Äste auf ein Büschel Heu, das er anzündete.

Das Feuer brannte vorzüglich. Man konnte darin Kartoffeln rösten. Nachdem einige dicke Äste heruntergebrannt waren, ließen sich an der Glut auch kleine Fleischstückchen grillen, von denen Frau Becker eine ganze Schüssel voll gebracht hatte. Es gab auch eine Kanne Pfefferminztee und allmählich wurde es richtig gemütlich.

Lilly erklärte, sie wolle Reitlehrerin werden. Sie lobte Marios Reitkünste und stellte ihren eigenen Beitrag dazu in einem überaus positiven Licht dar.

„Nun gib nicht so an", holte Doro sie wieder auf die Erde zurück. Und bevor Lilly die spitze Bemerkung loswerden konnte, die ihr auf der Zunge lag, wechselte Doro das Thema und fragte Mario nach seinen Berufsvorstellungen.

„Jagdflieger", kam es wie aus der Pistole geschossen.

„Was'n das?", erkundigte sich Lilly.

„Na, Pilot von einem Kampfflugzeug, so einem Düsenjäger", erklärte Mario und deutete auf den Flugplatz hinter sich, woher gerade wieder das Donnern von Motoren zu hören war. Als er merkte, dass sein Berufswunsch bei den anderen nicht gerade auf Wohlwollen stieß, setzte er hinzu: „So wie der Rote Baron. Mein Vater hat mir zu Weihnachten ein Buch über ihn geschenkt. Das war der berühmteste Jagdflieger im Ersten Weltkrieg. Er hieß Freiherr von Richthofen und er hat achtzig Feinde abgeschossen."

„Ist er nicht selber abgeschossen worden?", fragte Adam.

Mario schwieg und Adam lenkte ein: „Deine Entscheidung. Man soll jeden seine eigenen Erfahrungen sammeln lassen, sagt mein Vater immer."

„Vielleicht werd ich ja auch Astronaut", sagte Mario nach einer kleinen Pause. „Das wär auch ein toller Job. Jedenfalls hätte ich keine Lust, die Maschinen zu bewachen. Das macht nämlich mein Vater, und es scheint ziemlich langweilig zu sein."

Doro hatte sich noch nicht überlegt, was sie später machen wollte. Sie fand Kriminalkommissarin nicht schlecht. Allerdings wollte sie erst noch abwarten, ob Herr Baumgarten etwas herausbekam. „Er ist ziemlich lahm", fand sie. „Wenn sie alle so sind, hätte ich keine Lust, in dem Verein mitzumachen."

Adam gab zu bedenken, dass Herr Baumgarten mit mehreren Verdächtigungen zu tun hatte, die sich zum Teil als unbegründet erwiesen. Er nannte wohlweislich keinen Namen, aber Lillys Gesicht nahm auch so schon eine leichte Rötung an. Da gab Adam dem Gespräch rasch eine andere Wendung und verriet, dass er vorhabe, Tierarzt oder Tierpsychologe zu werden. Das fand allgemeinen Beifall.

So zog sich der Abend mit Essen, Trinken und Gesprächen hin. Mario hatte seine Mundharmonika mitgebracht und spielte ein paar Lieder, die sie mitsummten oder sogar mitsangen. Frau Becker, die kurz vor dem Schlafengehen aus einem oberen Fenster hinüberblickte, war ganz gerührt. „Wie schön, dass die vier sich so gut verstehen", sagte sie zu ihrem Mann.

Herr Becker stimmte ihr zu. „Die Kinder sind in Ordnung. Da hat Lilly Gesellschaft, bei der wir nicht ständig in Sorge sein müssen, dass etwas passiert.“

Die vier Camper hatten erst spät in ihre Zelte gefunden. Es schien ihnen, als wären sie gerade erst eingeschlafen, als sie plötzlich von einem mordsmäßigen Spektakel geweckt wurden. Gewieher und Gebell in der Lautstärke eines Düsenjägers. Im ersten Moment dachten sie, Basko habe sich mit Scheitan angelegt. Denn der Wallach wieherte wie wild, dass es durch die Nacht schallte, und der Hund hörte nicht auf zu bellen. Der Lärm kam von der Koppel. Dann waren noch die Schreie eines Menschen zu vernehmen.

Mario hatte sich als Erster gefasst. „Der Tiermörder!“, brüllte er und sprang in der Unterhose aus dem Zelt, gefolgt von Adam.

„Vorsicht“, rief Lilly. „Er ist bewaffnet. Wir müssen meine Eltern holen.“ Doch Mario und Adam waren schon auf dem Weg zur Koppel. Da liefen die Mädchen hinterher. Auch im Haus ging das Licht an. Kurz darauf stürzte Herr Becker heraus.

Auf der Koppel war es in der Zwischenzeit ruhiger geworden. Soweit man in der Dunkelheit erkennen konnte, hatte sich Scheitan in eine hintere Ecke zurückgezogen. Man hörte ihn dort unruhig hin und her traben. Basko stand vor einem am Boden liegenden Bündel und fletschte die Zähne wie ein Höllenhund. Herr Becker leuchtete mit der Taschenlampe. Da erkannten alle, dass es sich bei dem Bündel um einen Menschen handelte.

„Um Gottes Willen“, rief Herr Becker. „Wie ist das möglich?“

„Der Tiermörder“, stellte Lilly triumphierend fest. „Wir haben ihn!“ Sie rannte zum Haus, um ihrer Mutter zu sagen, dass sie die Polizei anrufen solle.

„Und einen Krankenwagen!“, rief ihr Herr Becker nach. „Der Mann ist verletzt!“

Als Lilly zurückkam, hatte ihr Vater gerade den immer noch heftig knurrenden Basko beiseite genommen und die dunkle Gestalt erhob sich ächzend.

Herr Becker leuchtete dem Mann ins Gesicht. „Sie?“, stieß er hervor.

Und Lilly schrie: „Hatschi! Es ist Niesen, der Makler!“

„Nehmen Sie sofort ihre Bestien weg“, keuchte der Makler und ruderte mit den Armen, um das Gleichgewicht zu halten. „Ich bin überfallen worden. Man hat mich zusammengeschlagen und gebissen.“

„Der Krankenwagen ist verständigt“, sagte Herr Becker. „Natürlich auch die Polizei.“

„Was wollen Sie mit der Polizei?“ Niesen hinkte

schwankend zum Zaun, an dem er sich festhielt. „Wollen Sie sich selbst anzeigen?“

„Er ist es.“ Doro sah den Mann mit großen Augen an. „Er ist der Tiermörder.“

„Das wird sich alles aufklären“, sagte Herr Becker.

Der Makler wandte sich um und sah sich einer Gruppe gegenüber, zu der noch Frau Becker gestoßen war, die ihn entgeistert anstarrte. „Ist denn das die Möglichkeit?“, flüsterte sie. „Er ist der Tiermörder?“

Niesen, der wieder zu Atem gekommen war, fuchtelte mit einem Arm in der Luft herum und schimpfte: „Ich ein Mörder? Das ist ja lachhaft. Ich habe einen Nachtspaziergang gemacht und bin von diesen Bestien angefallen worden.“ Er zeigte in die Dunkelheit, wo Scheitans Schnauben zu hören war, und auf Basko, der sogleich wieder zu knurren anfing.

„Das wird sich alles aufklären“, wiederholte Herr Becker. „Die Polizei muss gleich da sein.“

Leugnen nützt nichts

Der Makler hatte nur einige Prellungen, Schrammen und Hautabschürfungen, die von den Hufen des Pferdes und den Hundebissen herrührten. Er war ins Krankenhaus gebracht, untersucht und verarztet worden. Dann hatte man ihn den Rest der Nacht vernommen. Er leugnete.

Natürlich hatte auf dem Hof niemand mehr ins Bett gefunden. Nachdem der Krankenwagen und die Polizei abgefahren waren, konnte man die Aufregung nicht so ohne weiteres vergessen und einfach weiterschlafen. Alle waren in der Küche zusammengekommen, um die Ereignisse zu besprechen und von allen Seiten zu beleuchten. Frau Becker hatte

Tee gekocht und Spiegeleier gebraten. „Ich kann es kaum glauben“, sagte sie. „Warum hat er das bloß gemacht?“

„Er wollte uns dazu bringen den Hof zu verkaufen“, vermutete ihr Mann. „Aber warum er so schrecklich versessen darauf war, ist mir ein Rätsel.“

Am Morgen erschien die Polizei nochmals auf dem Hof. Kommissar Baumgarten nahm ein ausführliches Protokoll auf. Dann ließ er die Koppel und deren Umgebung systematisch absuchen. Dabei fand man eine großkalibrige Pistole im Gras. Außerdem wurde das Auto des Maklers, ein dunkelblauer Mercedes, sichergestellt. Es stand auf dem Parkplatz bei der Bushaltestelle an der Landstraße.

Frau Doktor Lorsbach kam vorbei. Sie hatte schon von der Verhaftung gehört und erkundigte sich, ob Scheitan oder Basko dabei verletzt worden waren. Und dann fragte sie, ob sie ihr Reitpferd auf dem Hof in Pension geben könne. „Es steht bei einem Bauern, der zwanzig Kilometer entfernt wohnt“, erklärte sie. „Das ist mir zu weit.“

Herr Becker versicherte ihr, dass der Pferdestall in Kürze umgebaut werde und ihr Pferd eine eigene Box haben könne. Damit, und auch mit dem Preis, war sie einverstanden.

Als sie gegangen war, meinte Herr Becker: „Die Verhaftung des Tiermörders scheint sich herumzusprechen. Ich bin sicher, wir bekommen in nächster Zeit noch mehr Pensionspferde."

„Aber wenn er doch leugnet", wandte seine Frau ein.

„Das wird ihm nichts nützen", erwiderte Herr Becker. „Er hatte schließlich eine Pistole bei sich. Du kannst sicher sein: Er ist der Tiermörder und er hat auch die Drähte gespannt. Die Polizei wird ihn schon überführen." Er lebte richtig auf und wollte gleich zur Bank fahren, um nochmals über den Kredit zu verhandeln. Jetzt stand dem nichts mehr im Wege.

Drei Tage später war der Fall geklärt. Kommissar Baumgarten kam noch einmal auf den Hof. Er hatte sich telefonisch angemeldet und alle saßen erwartungsvoll im Wohnzimmer bei Kaffee, Kakao und Blaubeerkuchen. Nachdem der Kommissar sich gestärkt hatte, begann er mit seinem Bericht.

Die Untersuchungen hatten eindeutig ergeben, dass die Schüsse auf die Kühe von Herrn Westerholt wie auch auf Suleika und ihr Fohlen aus der gefundenen Pistole abgefeuert worden waren. Allerdings behauptete der Makler nach wie vor, die Waffe gehöre ihm nicht; sie war auch nicht auf seinen Namen registriert.

„Das ist allerhand", stieß Lilly hervor und Doro rief: „Der Kerl lügt doch."

Der Kommissar nickte. „Natürlich lügt er. Die Pistole ist nicht vom Himmel gefallen. Das Leugnen wird ihm aber nicht helfen, die Beweise sind erdrückend. Zum Beispiel haben wir die Fingerabdrücke des Beschuldigten auf der Waffe gefunden. Und bei einer Hausdurchsuchung wurde Draht sichergestellt, der mit dem vom Reitweg übereinstimmt. Außerdem ist die Autonummer des Mercedes mit Klebeband verändert worden. Aus einem E wurde ein F gemacht und aus einer Acht eine Drei. Die geänderte Nummer stimmt übrigens mit der überein, die Mario uns gegeben hat."

Als er das hörte, bekam Mario ganz rote Ohren. „Hab ich doch gleich gesagt", stellte er befriedigt fest.

„Und noch etwas haben wir herausgefunden", fuhr Kommissar Baumgarten fort. „Sie erinnern sich, dass bei Ihrem Nachbarn der Weidezaun durchgeschnitten wurde. Der Täter hatte sich dabei leicht verletzt und wir konnten winzige Spuren von Blut feststellen. Das haben wir mit dem Blut des Beschuldigten verglichen. Es ist identisch. Der Fall ist also von uns aus gelöst; das letzte Wort muss nun der Richter sprechen."

„Was wird er kriegen?", fragte Adam. „Was meinen Sie?"

„Na, ich schätze, dass einige Jahre dabei herauskommen werden", vermutete der Kommissar. „Selbstverständlich muss er auch die Schäden ersetzen."

„Ich verstehe immer noch nicht, warum er das gemacht hat", sagte Frau Becker, die von den Ereignissen der letzten Tage und Wochen mehr mitgenommen war, als sie zugeben mochte.

„Ganz einfach", erklärte Herr Baumgarten. „Er wollte Ihren Hof. Und den von Westerholts ebenfalls."

„Hab ich doch gesagt", rief Herr Becker. „Er wollte die Höfe billig kaufen, um einen eigenen Jagdbezirk zu haben."

„Das ist nicht der Grund", korrigierte ihn der Kommissar. „Er hat durch Bestechung etwas erfahren, was in der Öffentlichkeit bisher nicht bekannt ist: dass auf dem Fliegerhorst demnächst der Flugbetrieb eingestellt wird."

„Was?", wunderte sich Frau Becker. „Davon weiß ja nicht einmal die Bürgerinitiative."

„Also stimmt es doch", warf Mario ein. „Mein Vater hat das schon die ganze Zeit vermutet. Er soll nämlich versetzt werden und konnte sich nur einen Grund dafür vorstellen: dass der Fliegerhorst aufgegeben wird. Ich dachte, er spinnt sich das zusammen."

Der Kommissar erzählte noch, dass der Makler geplant habe, die Grundstücke um den See und bis zum Dorf als Bauland zu verkaufen. Er habe dabei mit dem Bürgermeister aus dem Dorf unter einer Decke gesteckt. Der habe nun ebenfalls mit einem

Verfahren zu rechnen. Die Flächen sollten im Bebauungsplan als stadtnahes Wohngebiet ausgewiesen werden. „Bauland ist bekanntlich erheblich mehr wert als Weide- oder Ackerland“, erklärte er. „Daran hätten die Millionen verdient. Westerholt und Sie können froh sein, dass Sie nicht verkauft haben.“

Herr Becker war völlig aus dem Häuschen. „Wenn der Flugbetrieb eingestellt wird, ist unser Hof mindestens doppelt so viel wert wie uns dieser Niesen dafür geboten hat.“

„Genau“, bestätigte der Kommissar. „Sie sind so oder so ein reicher Mann.“

„Das ist ja eine Überraschung“, meinte Herr Becker. „Aber wir wollen den Hof behalten. Wissen Sie, wer einmal mit Pferden zu tun hatte, bleibt dabei.“

Lilly und Doro sahen sich an und brachen in ein wildes Freudengeheul aus, in das Adam und Mario einstimmten.

Der Autor

Wolfgang Bittner, 1941 in Gleiwitz geboren, wuchs in Ostfriesland auf. Er studierte Jura, Soziologie und Philosophie, legte die juristischen Staatsexamen ab und promovierte 1972 zum Dr. jur. Seinen Lebensunterhalt verdiente er mit sehr unterschiedlichen Tätigkeiten, z. B. als Fürsorgeangestellter, Verwaltungsbeamter, Taxifahrer und Rechtsanwalt. Er unternahm ausgedehnte Reisen nach Vorderasien, Mexiko und Kanada. 1974 machte er das Schreiben zum Beruf und lebt heute in Köln.

Bekannt wurde er zunächst als Publizist und Lyriker. Zum Schreiben für Kinder und Jugendliche kam er über die eigenen Kinder.

Inzwischen liegen zahlreiche Kinder- und Jugendbücher von ihm vor, Bilderbücher, fesselnde Abenteuer aus fernen Ländern und Geschichten voll Engagement für sozial Benachteiligte. Eine entschiedene Haltung gegen Gewalt, gegen jede Form von Rassismus und ein scharfer Blick für gesellschaftliche Missstände ist der Grundtenor aller seiner Bücher.

„Tommy und Beule", Wolfgang Bittners erstes Buch im Erika Klopp Verlag, entstand nach einem Drehbuch, das er für das ZDF geschrieben hat. Der Film „Tommy und Beule" ist mit großer Resonanz in der Reihe „Achterbahn" gelaufen.

Bei seinem neuen Pferdebuch konnte er auf eigene Reiterfahrungen zurückgreifen. In der Kleinstadt und auf dem Lande aufgewachsen, hatte Wolfgang Bittner von Jugend auf mit Pferden zu tun und ritt auch später in Mexiko und Kanada.

Abenteuer im australischen Busch

Mary Patchett
Meine Tiere und ich

Marys Spielgefährten auf einer einsamen Farm sind ihre Tiere, allen voran der riesige Dingohund Ajax, der ihr sogar das Leben rettet.

Mary Patchett
Tam mein Silberhengst

Ein neues Mitglied kommt in Marys Tierfamilie: das Fohlen Tam, das sie selbst aufzieht. Niemand außer ihr darf den temperamentvollen Hengst reiten.

Erika Klopp Verlag
Hohenzollernstraße 86 · D-80796 München

Erika Klopp Verlag